工作的喜与悲

일의 기쁨과 슬픔

[韩] 张琉珍 / 著
洪微微 韩亚仁 / 译

中信出版集团 | 北京

图书在版编目（CIP）数据

工作的喜与悲 /（韩）张琉珍著；洪微微，韩亚仁译 . -- 北京：中信出版社，2020.9
ISBN 978-7-5217-2127-0

Ⅰ . ①工… Ⅱ . ①张… ②洪… ③韩… Ⅲ . ①短篇小说－小说集－韩国－现代 Ⅳ . ① I312.645

中国版本图书馆 CIP 数据核字（2020）第 152918 号

工作的喜与悲

著　　者：[韩] 张琉珍
译　　者：洪微微　韩亚仁
出版发行：中信出版集团股份有限公司
（北京市朝阳区惠新东街甲 4 号富盛大厦 2 座　邮编　100029）
承 印 者：北京盛通印刷股份有限公司

开　　本：880mm × 1230mm　1/32　　印　　张：6　　字　　数：115 千字
版　　次：2020 年 9 月第 1 版　　印　　次：2020 年 9 月第 1 次印刷
京权图字：01-2020-4415
书　　号：ISBN 978-7-5217-2127-0
定　　价：39.00 元

目录

好好过

给同事发请帖之前，我设想过的最尴尬的情形是——对方的脸上流露出“你为什么要给我”的表情。为了避免出现这种情况，我决定尽可能地缩小范围，只发给最亲近的人。哪怕稍微有点犹豫要不要给请帖，就坚决不给。我抱着这样的心态拟好了宴客名单。

没想到的是，我竟然会因为别人问我“你为什么不给我”而困扰，更没想到问我的人竟然是彩娜姐。彩娜？这名字我都好几年没想起来过了。我估计，恐怕所有人都没意识到，她在我们公司已经待了很多年了。

上周三下班的时候，她先给我发来信息，第一句就直奔主题：“听说你和九才要结婚了啊？”然后夸张地来了一句：“恭喜咱们同期入职中的第一对情侣修成正果！”接着又发了一连串带着埋怨的要求：“你怎么没告诉我？”“我伤心了！”“快给我请帖。”我和她有这么熟吗？我往前翻了一下聊天记录，最后一次对话已经是三年前了。三年来零交流，她这是何必呢？我和九才在商量宴客名单时定了一个标准，那就是对方结婚时我们会不会心甘情愿地去参加婚礼，彩娜姐完全不符合这条标准，所以我压根儿没考虑过给她发请帖。可是，人家都开口要了，总不能不给吧。但我实在不愿意专门腾出时间去给她送请帖，所以回了她一句：

“正好我这周五打算约一起进公司的人喝一杯呢，到时候我会给大家派请帖的，你一定要来哦，好久没见了。”

我的话中话是，你和我不值得单独见面，我只不过把你当作是同期进公司的人而已；其实我原本没想叫上她，只是她都这么说了，只好顺便叫她来罢了。但她不识趣地回我：

“这周五吗？我有约了。”

我在聊天窗口敲下几句：“那就没办法了。”“好可惜哦！”正要点发送的时候，她又发来一条信息：

“咱俩应该单独见一面啊，下周二或周三中午怎么样？”

她为什么就那么想拿我的请帖呢？明明和我不熟，和九才就更不熟了。周末出席婚礼这种事她难道不觉得麻烦吗？

真搞不懂。我回她说周二和周三都不行，她马上又提出让我在周四和周五之间挑一天。想到周五距离婚礼只有两天了，我稀里糊涂地选了周四。这么一来，在婚礼倒数第三天，我还得请人吃饭、发请帖，而且宴客名单中又添一人，预计要消耗一张请帖、一小时午休，还有一百元[①]的餐费。

这场婚礼我和九才准备了四个月，这会儿已进入了最后关头，正是最忙乱之时。我们得决定婚礼当天是吃自助餐还是吃酒席，会场摆花是要选 A 方案还是 B 方案，婚纱照要拿几张原版、几张精修，等等。准备婚礼的日子，每天都在不停地做选择，其间还得看房子、准备蜜月旅行。晕头转向的四个月过去了，又迎来了让人焦头烂额的发请帖环节。我俩每天中午、晚上都要见朋友，请他们吃饭，打声招呼说我们要结婚了。得了空还要确认其余各项细节，比如婚礼祝福曲的伴奏带、取回礼年糕的日子。彩娜姐好像不知道结婚前一个星期的准新人有多忙。她如果识趣的话，这种时候说几句吉祥话，相约蜜月之后再见面才对。看来，她不懂的事实在太多了。

我和彩娜姐约在公司附近新开的日式盖浇饭小店见面。我们差不多有三年没见了。尽管在同一家公司上班，但公司挺大的，我们也不在同一层楼办公，如果工作上没交集，基

① 本书中涉及金额的韩元已转换为人民币。——译者注

本上不会碰面。她仔仔细细地看完菜单，点了一份炸虾盖饭，我点了份三文鱼盖饭。饭一端上来，她瞪圆了那双大眼睛说：

“哇，这家店给的虾好多哦。”

我伸长脖子看了一眼她面前的碗，满满都是炸虾，几乎把下面的米饭全都盖住了。一只、两只、三只……单我看到的就有六只虾。她“啪啪啪”地鼓起掌来，大笑着说：

“我从来没见过给这么多虾的，这家店好棒呀，对吧？”

我有些意外：

“不是因为你点了特级的炸虾饭吗？”

“我点的是特级吗？”

她刚才指着菜单里的“特级”，我看她点了特级，虽然也有点想吃特级三文鱼盖饭，但想到上周末刚量好礼服的尺寸，店员叮嘱我绝对不可以再变胖或变瘦，所以我只点了普通的三文鱼盖饭。

“你点的就是特级，特级本来给得就多。”我说。

“哦，是这样啊。”她用双手拢了一下又直又黑的长发，拢到一边，“这么多，也不知道我吃不吃得完。”

她说着看了我一眼，一脸无辜地笑了。我心里涌起一股莫名的烦躁，每次和她面对面坐着就会有这种感觉，好久没见她，我早忘了这种感觉，但这会儿又来了。

怎么说呢，虽然她年纪比我大，但却像个小妹妹似的。她又瘦又高，有一双大眼睛和阔嘴巴，长相明艳，嗓音却带着不相称的娃娃音，单听她讲话完全听不出来是个上班族。她还留着一头及腰长发，长得出奇，每次看着她的头发，我总会想，有必要留那么长吗？同事们都叫她“总务部的长发公主”，甚至有传闻说，她每天早上要花一个小时用夹板把头发夹一遍。她咬炸虾的嘴唇和头发一样油光发亮，在我眼前晃荡着……真希望这顿饭赶紧结束。

还好她吃得很快，刚刚还在担心量会不会太大，吃不吃得完，转眼间她吃得一干二净，碗里一粒米都不剩。我递过准备好的请帖，她大喊了一声：“恭喜你！”拿起请帖仔细端详了起来。过了一会儿，她抬起眼来问我：

“天啊，你俩什么时候开始偷偷交往的？”

“大概三年了吧？”

“哎哟，我怎么没发现？”

她当然不可能发现，公司里没有一个人知道我和九才在谈恋爱。我们非常小心不要露出蛛丝马迹，希望能保守秘密，在这一点上我比九才更迫切。我们俩尽管在同一层楼上班，但从不说话，甚至没有眼神的交流，结婚的消息也是一个月前才公布的，把所有人吓了一跳。彩娜拿着我的请帖左看右看了好半天，迟疑着开了口：

“其实，我也要结婚了。”

这就对了，难怪她非见我不可，果然是有原因的。

“结婚要怎么准备？好难哦，我都不知道该怎么挑婚礼场地。我也想像你一样办花园式婚礼。”她边说边把垂在一边肩上的头发又拢到一起，再拢到另一边肩头垂下，继续说，“拍婚纱照、挑婚纱、妆发之类的，我什么都不懂，都要问你。”

一想到她是因为这个才把我这个大忙人叫出来，我有点气不打一处来。但作为过来人，我知道刚开始着手准备婚礼时，肯定会不知所措，所以决定尽可能对她友好一些。我把过去四个月准备过程的核心全都告诉了她。她每听到我说一个窍门的时候，就会眨巴着眼睛拼命点头。当我说会把各项流程和选项整理成表格发给她时，她突然从桌子上伸出手来握住了我的手。

*

我以前也和她一起单独吃过饭。五年前，我们刚结束入职培训，分配到各自的部门。与摆脱就业的残酷“厮杀”刚拿到公司 offer 的时候相比，那时的我心情不太好，因为没能如愿进入心仪的部门。我们同期入职的十五人，大家都想去海外营销部、市场部、战略部、商品企划部等部门，但名额有限。结果，这些核心部门全都挑了男生，我和彩娜姐等多数女生只能进后勤部之类的部门。当然也有例外，毕业于北京大学和首尔大学的两个女生分别被分配到她们想进的海外营销部和商品企划部。我被分配到经营支援部，虽然是支援部门中最核心的 ERP（企业资源规划）小组，但后勤终归是后勤。更郁闷的是，和我一起被分配到经营支援部的是彩娜姐。

新员工培训期间，我一直认为自己比彩娜姐强得多。我们虽然同样是女子大学毕业的，但她复读了三年才考上，毕业后找工作又花了一年，所以比我大三岁。我从大一起，就以进大企业工作为目标，积极参加校外活动、刷绩点，为自己打造一份拿得出手的简历。但彩娜姐可不是这样，就连人皆有之的短期实习她都没做过。

就在这时，我收到了一封来自人事部的公告邮件，那天是我在经营支援部刚待满一星期的日子。邮件的标题是《市场部自愿调岗者报名公告》。我在培训的时候就听说，公司为了增强部门的竞争力，鼓励员工内部调岗，所以经常发生部门之间互相挖墙脚的事情。邮件里写道："近来'单人家庭'日益增加……半成品食品市场扩大……我们认为，有必要采取更积极主动的市场营销……"然后提到了市场部有两个名额空缺，结尾是"希望社内同人踊跃报名"。我虽然知道，邮件中的"社内同人"应该不包括刚进公司的新员工，但还是忍不住想要试试看，顺便咨询一下现在的岗位要待多久才能换岗，于是按下了"回复"。我在回信里先写了一句"能否请问一下"，接下去该怎么写才能显得既郑重又不逾矩，我苦思冥想起来。就在这时，办公室里突然一阵骚动。不知是从哪一刻开始，但明显掀起了某种波动，不至于喧哗，却十分汹涌，气氛像是突然停了电的图书馆自习室。能装得下一百多人的楼层，全部陷入了低声的交头接耳之中，其间不时夹杂着"拿她怎么办才好"的感慨。我心情有些微妙，回头看了一圈，我所在的办公区也一样。大家聚在一个小主管的电脑前，正在议论着什么。我走过去，小心地问：

“公司出什么事了吗？”

小主管马上抬头看着我说：

“你没看邮件吗？”

“啊？哪封邮件？”

“喏，这个……”

小主管把电脑屏幕转到我站的方向。是一封发件人为“洪彩娜”的邮件，标题是《RE：市场部自愿调岗者报名公告》。她在邮件里写道：“好的，明白！新员工也可以报名吗？”令我惊讶的是，这封邮件竟然是发给所有员工的，因为发公告邮件的发件人账号是“所有人”——这个账号是用来给包括老板在内的全体员工群发邮件时用的，可这件事并没有人告诉我们。

我默默回到自己的座位上，电脑屏幕上还开着那封收件人是“所有人”的发信窗口，我写下的那句“能否请问一下”后面闪着光标。光标在白色背景上一闪一闪的，让我脊背发凉。一想到让全公司交头接耳的主人公有可能不是彩娜姐，而是我，我被吓出了一身冷汗。彩娜姐的座位和我只隔了一个人，我瞄了一眼，她不在。不晓得她知不知道这件事情，就算不知道，应该很快也会知道了。

第二天早上，我去银行办事的时候，在公司一楼的大堂遇到了刚来上班的彩娜姐。公司上班时间是九点，经营支援部门在九楼，她这时候出现在大堂，意味着已经迟到了。她甩着一头长发，气喘吁吁地跑进来。她知道自己从“总务部的长发公主”已经变成“全员群发女”了吗？一想到是她做了我不幸的替身，我不免心生歉意。这时，她也看见了我，把手举过头顶，挥舞着朝我跑过来。高跟鞋的鞋跟敲打着地面发出“叩叩”声，在大堂里回响，显得格外响亮。

“对了，我想问你点事……今天中午要不要一起吃饭？”她问我。

我爽快地答应了。关于给全体员工群发回信这件事，我已经做好安慰她的准备了。可是，午餐时她跟我吐露的苦恼却是另一码事。

“我家太远了，上班太花时间了。”她告诉我，自己之前和父母同住在京畿道的南扬州市，而我们公司在汝矣岛，单程就要将近两个小时。她说：“我实在太累了，所以想着在公司附近租房。”

她接下来说的话简直让人难以置信。她说自己每天都在网上刷租房信息，终于刷到了一间小屋子，月租金比市场价低得多，而且非常干净整洁。她去看了房子，对房子非常满意，马上签了意向合同。搬家当天，她只带了一个行李箱，想着反正以后需要什么再从家里拿过来就行。进屋后她把行李箱放在大门边的角落，打算出门去买墙纸装饰一下房间，之后发生了非常荒谬的事情。

“等我回去时发现我的行李箱竟然被放在门外走廊上，已经有别人住了进去。”她说。

明显是一房两租的骗局。这样一来，她辛苦说服父母拿到的租房押金全泡汤了。

“姐，你申报迁户了吗？你没去居民中心申报迁户日期吗？[①]”我问。

“迁户日期？那是什么东西？”

在听到“迁户日期”这个词的那一刻，她的一双大眼睛里突然盈满了泪水。她虽不明白那是什么东西，但已经意识到自己犯下了一个很大的错误。我很替她惋惜，但也无能为力。没想到她都二十七岁了，竟然连这种基本的租房常识都不懂。她不停地用袖子抹眼泪。我为了脱身，给她留了一个学法律的朋友的手机号，安慰她可以找那个朋友问问看。但她的问题可不止这些，她怕“会被爸妈骂死”，所以还没告诉任何人，整整一个星期都带着行李箱住在酒店里。我听完一句话都说不出来，感觉有点窒息。

我记不清那天我们吃了什么，只记得最后的饭钱是各付各的。一起进公司的人中我年纪最小，但让年纪大的同期请我吃饭，我过意不去。要是上级请客还说得过去，可是同进公司的人工资都差不多，还让别人请客就不合适了。在我看来，既然是一起进的公司，不应该是年纪越小的人收入反而

---

① 韩国签下租房合同后需要去所在地政府机构办理迁户手续，租房合同才有法律效力。——译者注

越高吗？比别人晚踏入社会的人，相当于浪费了相应的机会成本。特别是彩娜姐，让她请我吃饭我可承受不起。

回办公室的路上，我们又进了一家咖啡厅。我心里盘算着，咖啡钱不像餐费负担那么大，她要是开口要请我喝，我不会推辞。我还在心中预演了几种情况，第一种是她先掏出钱包，说“这次我来付”，这种情况最干脆，此时我应该装出惊讶的样子说：“真的吗？谢谢你！”第二种是我先掏出钱包，递上银行卡时，她说：“别啊，这次我来。”第三种情况是我先付钱，然后她把自己那份给我现金或转账，这种情况的可能性最低，但至少她付钱喝自己的，也不算有多糟。

“我喝香草拿铁，你呢？”她问我。

“我要经典拿铁。”

“对啊，这里的拿铁超好喝的。”

她似乎完全没有要掏钱包的意思，不知所措的我只好把银行卡递给店员。照我的预想，她这时会推开我的卡，然后递上自己的卡，要不然，至少把自己的那份钱算给我。但她都没有。我原本还等着她说一句“谢谢啦”或者“下次我请你”之类的话，但她只是心无城府地说：“这里的冰美式也好喝呢。”

我只好先开了口：“下次你请我喝哦。”

彩娜姐这才灿烂地笑着对我说：“嗯？哦，谢啦。”我不禁好奇，她脑子里到底在想什么。她真的是为了白喝我一杯十来元钱的咖啡吗？还是她完全没有意识到？如果是前一种，那也太抠门了，但如果是后一种，她简直神经大条到让人抓狂。两年后，我成功调去了心仪的部门，是我进公司时就想去的战略企划部。那两年我格外兢兢业业，在公司里出了名，听到好多人夸我能干。我逃出了九楼，进阶到了被称为“中心楼层”的十三楼，随之自然而然地忘掉了彩娜姐。直到那时，我都没想过我会请她参加婚礼。

更令我没想到的是，她并没有来我的婚礼。

*

彩娜姐没来参加我的婚礼。我之前跟九才提起过，彩娜姐突然联系我，非要我请她来参加婚礼的事，他只是说了一句“她这个人好像一直怪怪的”。婚礼结束后去机场的路上，九才先开了口：

“今天彩娜姐来了吗？我怎么没看见她？”

“我也晕头转向的，不记得了。”

我仔细回想了一遍婚礼上看过的脸孔，完全不记得和彩娜姐打过招呼。我又打开亲戚帮我整理好的红包名单，把三百多人的名字一一看了个遍，的确没有她的名字。

除了她，还有很多人也是拿了请帖但没来婚礼，这个我可以理解，毕竟大家周末都会有别的安排，也有可能单纯是因为累了不想来。但不来的客人一般会托认识的人转交红包。而且，如果只是拿了请帖，没来也就算了，彩娜姐既然单独让我请客吃了饭，那包个红包就是常识，也是基本的礼貌。明明是她先提出要我邀请她，我才尽量挤出时间，请她吃了饭，给了请帖，但她竟然没参加婚礼，也没给红包，我越想越气。不过，为了不毁掉自己的蜜月，我尽量不再去想这件事。

婚假结束后回公司上班的第一天，我收到了彩娜姐发来的信息。她说在我婚礼的隔天才想起来，又怕影响我度蜜月，一直没敢和我联系。

我心里嘀咕，婚礼不就在你和我吃饭后的第三天吗？我都没想到会在这么逼近婚礼的日子给人家发请帖。

这个狡辩完全说不过去。在她看来，一个马上要举行婚礼的人为什么要挤出时间请她吃饭、给她请帖呢？真搞不懂。更何况请帖上明明白白地写着日期和地点，记住然后准时参加是她的义务。我懒得计较，简短地回了一句：

“姐，没事的，你别往心里去。”我不想再和她有任何瓜葛了。

她又给我发了一条：

“咱俩这关系，单给你钱有点怪，我送你个礼物吧，你说你想要什么，我给你买。你看看有什么想要的，然后告诉我。”

我回她：

“我想一想。”

当天晚上，在处理婚假期间堆积的工作时，我想起了彩娜姐说的礼物。说真心话，我什么都不想要，也不想去参加她的婚礼，但转念一想她似乎有意邀请我参加她的婚礼。也许就是因为这样，她才想要送我礼物吧。“想要的礼物”——这个词也太随意了。我该选什么价位的东西呢？照我和她的关系，给三百元的红包差不多，这是最基本的金额。我打开网上商城，搜寻着三百元左右有什么可买的，这个价位还真没什么东西吸引我的，勉强有几样看入眼，可是让她买五百元的夜灯好像有点过分了，两百元的烤面包机又有点委屈我自己了。正当我不停滑动鼠标滚轮时，心中突然涌起一股怒火，为什么是我在搜索这个呢？她不想给钱就别给呗，还非要给我送礼，既然要送礼也不识趣点，自己挑一个不超过三百元的礼物不就行了吗？毕竟，考虑送什么也很费精力，她怎么连这种事情都要甩给我？一气之下，我关掉了网页。

第二天，彩娜姐又发信息问我：“礼物你想好了吗？”我倒奇怪了，她这样问，就算真有想要的东西，有谁能大言不惭地说出口来。我想赶快结束这种奇怪的局面，回复她说：

“买什么礼物呀，不如请我吃顿饭吧。”

就这样，尽管非我本意，但我又和她一起吃饭了。这次我们去了一家吃韩定食的餐厅，这家店上菜时是直接放上一张摆好所有菜品的桌板。餐厅服务员在木头桌板上整整齐齐地放满几十碟菜品，用小车推到桌边，然后直接放到餐桌的另一头，再推到我们面前。彩娜姐开心地又拍视频又拍照。

她为了把所有碟子都拍进一个镜头里，站到椅子上还踮起了脚，“咔嚓咔嚓”的拍照声响彻整间餐厅。上完菜后她又拍了三四张照片，我才终于可以看见她的脸，而不是膝盖。我问她婚礼准备的进展如何——虽然我并不是很想知道，但礼貌上应该问一下的。她感谢我，说多亏了我发给她的表格，准备得很顺利。我想起五年前租房的事情，问她：

“你们找好婚房了吗？那个才是最头疼的呢。”

“嗯，我们运气很好，婆家给买了房子，我已经住进去了，就在离公司一站地的三江站附近。”

“真的吗？那太好了！”

彩娜姐说她的未婚夫是个基金经理。没有经济头脑的她遇上了富裕的婆家还有精通数字的丈夫，真是幸运。原来那个男人是个基金经理啊，就是那个她聊天软件头像里和她一起出现的人。她总是把和男友的合照设置为头像。他们关系不好的时候，她的头像就会换成风格冰冷的插画，签名栏当然也会跟着改。这种情况大概每几个月循环一次。总之，全公司上下都知道“总务部的长发公主”恋爱状况。

我每次看见她的头像都会想，她为什么要搞成这样呢？真的，到底是为什么呢？正常人肯定不会做这种事吧，毕竟每天都要用这个头像和公司的人收发信息，交流工作，出现男朋友的脸看起来多不专业啊。在我看来，我希望我在职场上的行为最好不要让别人觉得我会恋爱、结婚。我也不会每天迟到五分钟，这五分钟既不能多做点什么，也不会少做点什么，我要是她的话，肯定会提前五分钟起床。我要是她的话，肯定会把头发剪短一点。

“姐，有件事我早就想问你了。”我沉浸在自己的想法之中，不知不觉地开了口。

“什么事？”

“你的头发。听说你每天早上都要用夹板夹一遍才来上班？”

“没有啊，我头发本来就直，随我妈。”

“但你每天早上都要洗头发、吹头发，不麻烦吗？”

“不会啊，我头发又不多，干得很快，一点都不麻烦。”

她还说，每天早上跑着上班，带着水气的头发随风飞舞的感觉非常棒。我心想，你不迟到就不用跑啊，但没有说出口。毕竟今天是她请客，我们吃的这一桌定食，一人份要一百五呢。

和彩娜姐吃完那顿定食，又过了两个月，我发现办公桌电脑的键盘下放着一个白信封。不知道这东西是什么时候放在那里的，要不是我正好擦桌子的时候拿起键盘，也许会一直看不到。我打开那个手掌大的信封，里面有一张写着“我们结婚啦”的卡片——是彩娜姐的请帖。怎么回事？她竟然不请我吃饭，直接丢给我一张请帖？这又不是比萨饼店的广告单！我原本想好了，我可不能做她那样的人，我要参加她的婚礼，还要给她包三百元的红包。如果她腾出时间正式给我送请帖，我一定会这么做的，但眼下这种情况完全无法理解。我要是她的话，绝对不会这么做。我拧开手中保温杯的盖子，用力地扣在请帖上，盖子上沾的咖啡在雪白的请帖上留下了一圈圆圆的印记。我仰头一口喝下杯中的冰咖啡，嚼着冰块，在心中按起了计算器：

150 元（她请我吃饭顶替红包的钱）- 80 元（我给她请帖时请她吃饭的饭钱）= 70 元

周末我和已经成为丈夫的九才一起去了百货商店，在生活用品区，我告诉他，我计划要挑一个礼物送给彩娜姐代替红包，而且这个礼物必须是七十元，也就是我刚好从她那里得到的那么多钱。九才听完叹了口气，问我：

“非这样不可吗？”

“嗯，非这样不可。”

“钱我来给吧。”

我瞪着他。谈恋爱时我们不知道对方的工资，就像其他公司一样，我们公司规定，泄露年薪的信息可以成为解雇的理由。但准备结婚时，我们不得不向对方公开自己的积蓄和年薪。那一天，我说“我数一二三然后一起说”。直到那时，我们还像在拍《家族娱乐馆》（韩国一档家庭喜剧）一样，总是嘻嘻哈哈地开玩笑——数到三的那一刻，我才意识到，我和九才喊出来的头一个数字就不一样。六万元，确切地说，我们俩的年薪差了六万二千元！他的税前工资比我足足多了六万二千元，理所当然地，他的存款也比我多得多。九才也同样惊讶，我们的工资差异超过了他的预计。他非常不好意思地对我说：

“大概是因为你在后勤部门待了两年吧。”

是啊，就算是因为这样，那么，我为什么会在那里待了两年呢？我满满当当的简历上每一行都在诉说着我想进战略企划部。是因为我能力不够吗？可是公司还什么都没让我做，怎么知道我不能胜任呢？再说，我和九才现在是在同样的部门、做同样的事情，凭什么年薪差这么多？是因为他更有能力吗？到底差多少，可以差六万二千元这么多？

“你刚说什么？”我问。

“不就是红包嘛，何必这样，那三百元我出。”

“我是因为钱吗？你觉得我这样做，是因为舍不得那三百元钱吗？”我不知道自己为什么在喘着粗气，“我这样做，是为了教她，教她做人的道理。想要得到三百元，她就得先掏三百元钱才行。她只拿了七十元，就只配获得七十元钱的祝福。她恐怕不懂这个道理，但这个世道讲的就是这个理。炸虾盖饭给了一堆虾，不是因为店主好心，而是因为她点了特级，特级炸虾盖饭比普通炸虾盖饭贵二十五元。房租便宜的房子肯定是有原因的。她接受婆家买下的四百万的公寓楼，那她这辈子就要贡献四百万元的努力，要给他们家腌泡菜、洗碗、祭祖，还有各种大事小事。如果像长发飘飘的迪士尼公主那样，总是接受人们的善意却不付出任何代价，那么其他人就会像债主一样虎视眈眈地盯着她，哪怕只露出一丁点的破绽都会被抓住不放。我这么做，就是在告诉她这个道理！”

九才一脸不解，一副意识到自己做了错事却不知道错在哪里的表情。准备结婚的过程中，我已经受够了他的这种表情。我神经兮兮地抓起柜台上的香草味护手霜，问店员：

“这个多少钱？”

“打完折六十五元。”

还差十元钱。我拿起一张收银台上插着的贺卡，继续问：

“这个呢？”

“五元钱。”

“把这两个一起给我。”

“好的，一共是七十元。”

店员问明是否用来送人后，开始包装。她把护手霜放进盒子的正中间，揉皱淡紫色的宣纸放在空白的地方。护手霜仿佛被花田环抱一般。比起里面的东西，这包装也太浮夸了吧。接着店员盖上盖子，拿出一条带蝴蝶结的乳白色绸带斜斜地套住盒子的左上角和右下角，最后把那张五元钱的贺卡插在右下角的绸带上。

虽然凑足了七十元钱的礼物，但我不想给她写贺卡。可是，也不可能给人家一张光秃秃的贺卡。一直拖到婚礼的前一天，礼物都还没送出去，实在不能再拖了，我只好拿起笔，随便写了一句：

“彩娜姐，新婚快乐！”

贺卡上还有大片的空白。

“我们认识五年了。”

也太老套了吧，但是用圆珠笔写的，擦不掉。

“希望十年后，我们能见证对方更成熟的样子。”

空白差不多填满了，我再次把贺卡插回盒子的角上，搭上电梯。此时，距离下班还有三十分钟。

好久没来九楼了。经营支援部门的位置跟三年前一样，总务部的位置也没有变。我看到彩娜姐坐在和三年前一样的位置上，正在吃紫菜包饭。我从隔板上方小声叫她，招了招手示意她出来。她来到走廊上，开心地对我说：“哎呀，你怎么来了呀？”

“你呢？怎么这个时候还在吃紫菜包饭，明天都要结婚了，难道今天还要加班吗？”

“恐怕得加班，没办法。”

“一般婚礼的前一天会让员工早点走的，你们部门太过分了。”

“这都月底了，总务部哪有这种好事。”她苦笑了一下，“最近人手不足，主管的孩子早产，只能提前休产假，我这种时候请婚假，太不好意思了。”

她一副快要哭出来的样子，突然看到我手上的盒子，问：“这是什么？”

“啊，这是送你的新婚礼物。”

“哎呀……你怎么还准备了这个……”

我不知所措。她哭了起来。她为什么哭呢？我突然害怕起来，难不成她以为我给了礼物，还会去她的婚礼吗？更难堪的是，她一边哭一边紧紧地抱住了我。她个子那么高，这下子仿佛把我环抱住了一般。她抽抽搭搭地耸着肩膀，我的下巴刚好在她肩膀上，也跟着一上一下。经过走廊的同事奇怪地瞄着我们。她凑在我的耳边小声说：

“谢谢你，我本来还有点婚前焦虑……收到这个心情变好了。”

我的后背直冒冷汗。这时电梯门正好开了，我轻轻弯了下膝盖，挣脱开她的怀抱，急匆匆地上了电梯。

“这不是你的字吗？”九才和我在地下车库碰头时拿着手机问我，手机屏幕在黑暗中闪着亮光。我仔细地看着他递过来的手机，是彩娜姐聊天软件的头像，她把我刚给她的贺卡摊开拍了照，设成了自己的头像。她在签名栏里写道：

“手写信里流露的真心，我生来是受宠的命。”

“你看看，她说你的手写信里流露出你的真心。”九才边说边捧腹大笑，然后大声地读出卡片上的内容，“我们认识五年了……”

“你够了。”

我一把抢过九才手中的手机，然后再次看了看彩娜姐的头像。照片的焦点是那张贺卡，背景是浅紫色宣纸环抱着的护手霜，四方形格子的四周做了虚化，仿佛带着一双泪眼看着这一幕，贺卡上的手写字十分清晰。我呆呆地望着加了滤镜的手写字，明明是我写的，在照片上看起来却有些陌生。“希望十年后，我们能见证对方更成熟的样子”，我无声地念了一遍。也太久远了吧，十年，到那个时候，她还会在公司吗？到那个时候，我还会在公司吗？

第二天晚上，她的头像换成了长着椰子树的海边，签名栏换成了“谢谢大家”。

*

那天，我比平时晚起了二十分钟，就连平时凑合吃的早餐也没吃上就匆忙上班了。一进公司，就看见我的办公桌上放着一个小小的盒子，是彩娜姐的回礼年糕，用来感谢参加婚礼的宾客。盒子上用非常复杂的花体字写着：

“感谢您来参加我的婚礼，未来的日子，我们一定会好好过。”

我打开盒子，里面有一块带粉色爱心的雪白发糕，还有四个颜色各不相同的豆粉糯米团，以及两个墨绿色的蜜糕，让饥肠辘辘的我流起了口水。我打开保鲜膜包装，拿起一个深黄色的豆粉糯米团放进嘴里，豆粉窸窸窣窣地掉下来。糯米团还带着余温，像是刚出炉的一样，看来她是今天凌晨才刚取来的吧。我一边嚼着又甜又软的糯米团一边想，彩娜姐能好好过日子吗？一定要好好过。

工作的喜与悲

“来吧，开站立会议。”

上午九点是老板最喜欢的站立会议时间。“站立会议”来自2000年左右从美国硅谷开始兴起的“敏捷方法论”，是其中的重要环节，在我们这样的小型创业公司中也被作为项目管理的方法广泛使用。例行站立会议的指导原则大致如下：每天固定时间，所有人站着，简短说一下昨天做了什么、今天要做什么，最后站立会议主管做总结，这样可以最快速、简单地分享各自手头的工作，提高整体效率。如果正确理解

“敏捷方法论”的话，站立会议的全程最长不应该超过十五分钟。但我们公司的老板认为站立会议就是晨会，这就很成问题了。就算员工在十分钟之内讲完，老板最后还是要说上二十分钟以上，这就意味着我们每天都要浪费超过三十分钟的时间。

“那么，从 Jennifer[①] 开始吧？”

Jennifer 是我们公司的设计师，是个韩国人。我们公司位于被誉为“韩国硅谷”的板桥科技谷，明明不是硅谷，却非要叫英文名，因为这是老板规定的。老板说，对于创业公司来说，决策的速度很重要，从老板到员工，所有人只叫英文名，可以打造一个平等沟通的环境。换言之，森严的等级会导致低效。这个初衷倒是不错，但大家聊到老板或副总时，还是会加上一些莫名的词，比如“我请示了 David[②]……”或是“请 Andrew[③] 批复……”既然这样，为什么要用英文名呢？问题在于老板 David 本人并不反感大家这么说。依我看，他所说的平等文化只是一个借口，根本原因在于他不想用自己土里土气的本名——朴大植。用英文名的坏处还有一个，原本同事之间相互称呼时会连名带姓地称呼，讲话也比较客气，但叫起英文名，语气很容易变得随意起来。再加上我的本名是“金安娜”，英文名就叫“Anna”，在公司里谁都毫不

① Jennifer 译为“珍妮弗”。——编者注
② David 译为“戴维”。——编者注
③ Andrew 译为“安德鲁”。——编者注

客气地管我叫“Anna”，让我觉得不太舒服。早知如此，我应该起一个可以区别于日常生活的英文名，比如“Olivia”[①]之类的。

包括老板在内一共十名员工，全部背对着办公桌起立，围成一圈开站立会议，我排在最后一个。我一讲完，老板马上盯着我问：

“Anna，这个乌龟蛋，你看看，要怎么办？”

老板在自己身后的白板上写下“乌龟蛋”三个字，在上面圈了好几个圈，然后又用手一把抹掉，手掌都黑了，他又补了一句：“唉，‘乌龟’这两个字一看就烦。”

“乌龟蛋”是在我们公司制作的App“香蕉市场”上发帖数最多的用户。我们公司不是卖香蕉的，做的是基于手机位置所在的社区服务的二手交易App。David曾经说过，这个名字的含义就是形容买卖二手商品像剥了皮吃香蕉一样容易。我虽然不觉得这个名字有多好，但我们在同类App中排名还算比较靠前，作为一家创业公司，算是进入了稳定期。既然已经度过了吸引客流量的阶段，公司的下一个目标就是广告招商。在社区居民买卖二手商品——比如舍不得扔掉的家具、孩子穿不了的衣服、还能用的小电器——的帖子中，自然而然地加上一些针对当地客源的广告，比如新开的健身房、装修公司、摄影公司等。我们有望在年底之前开发出广

① Olivia译为“奥利维亚”。——编者注

告平台，那就可以接广告、卖广告位。到了那时候，香蕉市场可以真正开始赢利了。老板和副总的成败在此一搏。

几周前，网友乌龟蛋开始在首尔江南区和板桥区的版块一天发近百条帖子，单这一点在一般用户中已经很少见了，更特别的是，这个用户卖的都不是用过的商品，而是没开封的全新商品，价格也比网上能搜到的最低价还要再稍微便宜一点点。帖子里只说东西几乎没用过，标注出了商品名称和型号，以及可面交、可邮寄，除此之外没有其他内容。乌龟蛋卖的东西也没有规律可循，有时上传的是空气净化器、吸尘器、胶囊咖啡机，让人以为这是一个“海淘党”，可接着另一些帖子又上传了粉底液、防风衣、红参和乐高玩具，让我这个 App 的企划者实在搞不懂。尽管上传的东西让人捉摸不定，但成交率达到了百分之百，买到东西的人们在乌龟蛋的个人页面里都留下了非常友好的留言——“东西很棒，价格很公道，谢谢”，因此我并没有太当回事。

但老板的想法似乎不太一样：“这种用户不符合我们 App 的服务宗旨，你难道打算视而不见吗？一打开 App，如果跳出来的全都是这个 ID 的帖子，用户会觉得我们是‘社区二手市场’吗？以这种发帖频率，完全可以看作刷屏用户了吧。怎么办，我们没有办法处理吗？”

站在老板身边的 Andrew 双手抱胸，点头表示附和。

“还有这个头像，一看就是用微距拍的乌龟头，太恶心了，简直看不下去。你知道我有多讨厌爬行动物吧？我当兵的时候，有次站完岗回内务班的路上，看见一只这么大的壁虎挡在路中央。”老板把两只手拉开与肩膀同宽，“没骗你们，真的有这么大。我被它吓得不敢过去，一直待到天亮。我真的超级讨厌爬行动物。”

跑题是他的特长，我觉得自己应该把话题拉回来：“David 的意思我懂，但不能说乌龟蛋就是刷屏用户。”

站成一圈的员工们把视线集中到我身上。

“乌龟蛋让我们的各项指标都提升了很多。乌龟蛋出现之后，我们的访问量、用户人数、复购率全部呈上升趋势，新注册的用户也大幅增加，虽然不确定是不是因为乌龟蛋，至少他没有带来负面影响。而且，乌龟蛋的成交率是百分之百，在我看来，他不是刷屏用户，反而是一个忠实用户。”

我的话还没说完，老板就拿出了手机：“就算你说得有道理，但他也不能发这么多啊。”说着打开香蕉市场的 App，调出时间轴给我们看：“看看，我往下拉了十次，全都是那只乌龟的帖子。”

老板提议，对于乌龟蛋这样发太多帖子的用户，是不是可以减少他们帖子的显示比重。听到这里，服务器的开发者叹了口气，说自己开发这项服务花了几个星期，又说年底之前还要开发出广告平台，时间太紧迫了。他毕恭毕敬地反驳了老板，拜托老板不要提出奇怪的要求。我们的站立会议已经将近四十分钟了，此时赶紧坐下来工作对香蕉市场 App 的发展应该更有帮助，但老板似乎没有散会的意思。

“万一，这个人是在销赃怎么办？”老板继续问我。

“什么？”

“你们不觉得奇怪吗？一天拿出上百件未开封的东西来卖。是偷来的东西怎么办？或者是公家财产，那就真的很麻烦了。”

我微微往后仰起头，用力闭上了眼睛。

老板继续说：“我们找个人去见见乌龟蛋怎么样？Anna你去吧？”

“我吗？”

老板从牛仔裤后口袋里拿出钱包，掏出六张一百元纸钞：“你拿这些钱随便找乌龟蛋买点东西，然后跟他见个面，买到的东西你拿走吧。”

我掩饰不住心烦意乱说：“见什么面啊？再说了，见了面有什么好说的？”

“感谢人家使用我们的服务，然后提醒一下不要刷屏，控制一下发帖量，比如一小时发一篇，一天发二十篇左右。”

开什么玩笑。

“然后问问能不能换一张头像，不要用真的乌龟照片，可以换成忍者神龟之类的。”

站立会议开了四十五分钟。我们终于可以在自己的座位上坐下来了。我一坐下来，就听到背后传来了叹气声——是

Kevin[①]。Kevin负责苹果App的开发，是我们公司里除了老板和副总之外的“老大”。他比我还小两岁，按年纪理应排行“老幺”，但他是David从隔壁门户网站公司挖来的“天才开发者”，所以实际上是公司的“三把手”。安卓App开发者有两个人，苹果App只有他一个人，不过两边开发的速度差不了太多，可见他确实有两把刷子。但他是个非常典型的程序员，比起和人对话，更愿意和电脑对话。平时看着很温顺，但写不出代码或找不出bug时，他会变得坐立不安，还会朝身边的人乱发脾气，这是他最大的缺点。而这个缺点最大的受害者，就是“真正的老幺”——我。

我打开Trello软件（一款团队任务协作管理工具），昨天我把“首页头图设定bug”的任务卡放进“待解决”的任务列表中，这会儿看到Kevin已经把这个任务卡拉进了“已解决”的列表中。我坐在座位上进行了测试，还是不行，于是又把卡片重新放回“待解决”列表中，然后留下批注：

“附加照片超过五张时仍受限。”

我在任务卡上写好批注，按下回车键的瞬间，就听到了Kevin夸张的咳嗽声。过了一会儿，Kevin又把任务卡放到了“已解决”列表中，留下了批注：“已修正并核验。”

我再次做了测试，在一般环境下的确可以解决，但仍有一些情况不行。我再次把任务卡放到了“待解决”列表，然

① Kevin译为“凯文”。——编者注

后留下批注："iOS 非最新版本仍然受限。"

当我写完刚按下回车键时，后面的 Kevin 突然用尖锐的嗓音叫我："Anna。"

我没做错什么，却被他吓得肩膀一颤，喊了一声："我在。"

"我这边没问题，你确认一下你的版本设置。"他说。

每次都是他没改好，却老是叫我确认设置。他真的是天才开发者吗？我装出上当的样子，说了声"好的"。Kevin 再次把椅子转向自己的办公桌，然后长叹了一口气。我戴上耳机，开始听鲁波夫·斯米尔诺夫演奏的《幻想小品集》。乐曲振奋了我的精神，慢慢驱散了愤怒，心情也好多了。明天我要听格伦·古尔德，后天要听赵成珍。我打开香蕉市场 App，在乌龟蛋出售胶囊咖啡机的帖子下留言：

"请问可以在板桥地铁站面交吗？"

乌龟蛋很快回复我："可以，今天中午见。"

没想到进展得那么快，我有些紧张。不过，反正是早晚要做的事，早点做也好，见就见吧。耳机里的曲子已经切换到《夜之卡斯帕尔》。

*

一位穿着职业装的女性拿出一个购物袋，对我说："您先确认一下东西吧。"

她的口气听起来很熟练，显然不是生手了。我打开购物袋，掀开了盒子上方的盖子，出现了照片里看过的银色咖啡机。咖啡机表面贴着的保护膜都还没撕掉，是全新的。我假装要再确认商品，侧头瞄了一眼她肚子的位置，看到她挂在脖子上的员工卡，上面有一个 UB 信用卡公司的 logo，下面写着“优惠政策企划部 副经理 李知惠”。之前听说 UB 信用卡有几个部门搬到了我们隔壁楼，所以我知道这家公司。可是，一个在大公司上班的人到底为什么要做这种事呢？

“您是付现金还是转账？”她问我。

我掏出老板给的六张百元钞递给她。她说了句“祝您使用愉快”便转身朝相反方向走去。和她的昵称不一样，她走得很快。眼见她越走越远，我着急起来。我来这里不是为了买二手商品，而是为了执行 David 派给我的任务。等到乌龟蛋的身影只剩下指甲盖儿那么大的时候，我朝着她大跨步离开的方向跑过去，喊道：“等等，乌龟蛋。”她停下脚步转过身来。我又跑了十几步，然后站到了她的面前。

“我想问个问题……我看到您在香蕉市场 App 上卖很多东西。”奇怪，没跑两步怎么喘得这么厉害，我调整了一下呼吸继续说，“请问那些东西是从哪里来的？”

乌龟蛋一语不发地看着我。我们短暂地沉默了一会儿，她先开了口：

“你肚子饿不饿？”

“什么？”

“还没吃午饭吧？我也正要去买三明治吃。”她指着离我们站的地方不远的星巴克，“边吃边聊吧，我请客。”

“不了，不用这么客气……您要是不想说，不说也行……”

“反正是用积分换的，别介意，我积分超级多。搞不好我是全国最多的。”她突然大笑起来。

“其实都是因为鲁巴，也就是鲁波夫·斯米尔诺夫。”乌龟蛋衔着吸管从装满冰块的咖啡里喝了一大口，然后开了口。接着，她拿起脖子上挂着的员工卡，用指甲敲着上面UB信用卡的logo说：“我们董事长是个古典音乐迷。”

“我知道，我关注了他的INS①。”

“看来你也听古典音乐啊。”

UB信用卡的赵云凡董事长是一个有着二十多万粉丝的红人。一开始，大企业的董事长到年轻人玩的INS开账户，大家都觉得很新奇，所以很多人关注了他。他也巧妙地利用了这一点，在国外出差时拍张啤酒的照片，在家里时拍张为家人做饭的照片，有时还会拍下在商场购物刷自家信用卡时的潇洒模样。他会给照片加一点点滤镜后上传到INS，很受追捧。董事长的INS里还经常发布外国演奏会的消息或是古典音乐界的动向，自然而然地透露出自己是一个古典音乐迷，吸引了相当数量古典音乐爱好者的关注。正因为他的喜好，UB信用卡公司也经常举办古典音乐演奏会。

乌龟蛋说，自己原来是UB公司演出企划部门的员工。

---

① 全称Instagram，图片分享社交应用软件。——编者注

他们公司每个季度会举办一次或大或小的演出，她所在的部门负责演出的全部流程，包括挑选演奏者、洽谈、邀请以及最后的举办。

“你也知道，前年起就有传闻说鲁巴会在亚洲开巡演，但每次都是假新闻。不过去年年底出了一条新闻，说他会在东京举办个人音乐会，人们都在我们董事长的 INS 下留言说，‘董事长，快请鲁巴来韩国开演奏会吧’。”她说。

董事长看到粉丝的大量留言，单独叫来乌龟蛋，下达了特别指令：“今年之内一定要让鲁波夫 · 斯米尔诺夫来韩国开演奏会，钱的问题不用担心。”还说好要是成功就会破格提拔她。

乌龟蛋前后飞了三趟俄罗斯去参加鲁巴的个人演奏会，力邀他到韩国演出。她说那是自己入职十五年来工作最认真、投入的时期。说到这里，她短暂地陷入了回忆。最终，她促成了鲁巴的第一场访韩演奏会。董事长非常高兴，表示下个季度就提拔她。

“当时，我忙着处理工作，有个一起工作的实习生问我：‘副经理，客服中心反映，太多人打电话问鲁波夫 · 斯米尔诺夫是不是真的会来韩国开演奏会，要不要先在网站上发个公告呢？’一般来说，演奏会都会提前六个月发公告，所以我就让她那么做了。结果一发公告，所有人都跑到我们董事长的 INS 下给他留言说，‘董事长，谢谢你，董事长！’”

就在乌龟蛋正要请外宣部门写报道资料时，突然又被董事长紧急召见，这时距离她发出公告还不到一个小时。她不明所以地被叫进董事长室，看见董事长正大发雷霆。

“他气得满脸通红，连耳朵都红了，朝我大声吼，问我是谁决定发的公告。”乌龟蛋说。

“怎么回事？”我问。

“好像是他想要在自己的 INS 上最先公布这个消息。”

我和乌龟蛋不分先后地把头低到桌子下，然后抖动着肩膀开始笑起来。

“好笑吧？虽然很搞笑，但为什么我的头好痛……当然，如果公司原来就规定这件事情要经过董事长审批，那我肯定会先报批给董事长，然后经他同意再发公告。可是一直以来，每次只要定好了演奏者，就由业务一线人员自行发公告。真没想到董事长会拿这种事情来找我的碴儿。的确，我太忙了，顾不上那么多。想想董事长那么执着于发 INS，我是应该先问他一句的。”

因为这件事，董事长取消了乌龟蛋的提拔，还把她调到了别的部门。

“倒也算不上是降职，毕竟新部门也不是什么闲职，反而是信用卡公司的主营业务。调岗的时候我还想，趁这个机会尝试一下新的业务也不赖。”她说。

她去的新部门负责策划信用卡的优惠政策，与提供优惠的企业开展业务合作。调岗一个月后，乌龟蛋首次负责介绍一张新发行的信用卡的优惠策划案，想不到董事长不请自来地出席了会议，吓了她一跳。当她讲解策划案的时候，董事长始终带着不满的表情，双手抱胸，在问答阶段率先发问。

“他问我，你要别人办理这张卡最有说服力的理由是什么？如果只能选一个，你觉得是什么？然后我就很自信地说，刷这张卡可以有两倍积分。然后董事长又问……”

“他问什么？”

“他问，是吗？这个理由很有说服力吗？大家有这么喜欢积分吗？”

“大家不是都喜欢积分吗？”我问。

“当然啊。所以我又很有自信地回答，是的，大家都喜欢！然后你知道他说什么吗？”

“他能说什么？”

“他说，要是大家都这么喜欢积分的话，你接下来一年的薪水全部用积分支付怎么样？”

董事长嘱咐财务部门和总务部门照他的指令行事，然后不紧不慢地离开了会议室，这次乌龟蛋真的笑不出来了。

“他也太过分了吧？这像话吗？”乌龟蛋苦笑着说。

这个故事在公司内部流传了半年。其实也算不上什么大事，毕竟还有很多更严重的事口口相传了一年、五年，甚至十年之久。乌龟蛋说，处在那种位置的人和我们这样的普通员工拥有完全不同的思维方式，还是不要质疑他们的逻辑和举动比较好。

“你不能觉得他们奇怪，一旦有了这种想法，脑子就没法正常想问题了。”她解释道。

那个月的二十五号，她的工资卡上真的没有进账，于是她打开可以查询 UB 信用卡积分的网站。果然，董事长的一句话，让她的工资全部变成了积分。看到如此数额巨大的积分那一刻，她感觉受到了凌辱，一颗心仿佛坠落谷底。

“你在公司哭过吗？”她问我。

我短暂地陷入了回忆，之后摇了摇头：

“我上班十五年了，从来没有哭过，鲁巴演奏会让我的提拔泡汤，被调了部门，甚至收拾东西从江南区搬到板桥来时我也没有掉眼泪，但看到那些积分的时候，我的眼泪一下子就涌了出来。积分实在太多了，多到让我不知如何是好。”

沉浸在凌辱感中的她熬了一个通宵，仿佛魂都丢了。但第二天，太阳仍然照常升起，她仍然活着，仍然要面对这个社会，仍然要上班。奇怪的是，勉强上了一天班，到了晚上，她意识到，生活似乎没有发生什么变化。她用积分买上午的咖啡喝，在可以刷积分的餐厅里吃午饭，刷积分买食材和日用品，刷积分买父母的生日礼物。一星期后，她心安理得地接受了一切。

“本来我该拿的不是积分，而是钱……但钱又有什么大不了的呢？归根结底，钱也只不过是生活体系中的一种积分罢了，我决定这么想。”

“那你要怎么做呢？”

“把积分再变成钱就行了呗。”

乌龟蛋说，从那时起，她开始寻找把积分换成钱最有效的方法。首先在可以刷积分的购物网站上挑选一两个好卖的东西买下来，拍好照后上传到二手 App 上——我做的“香蕉市场”——等待别人回帖，然后直接当面交易，完成买卖。听她这么说，我小心翼翼地问她：

“就算这样，二手 App 上卖的价格肯定要比原价低一些呀，你要下单，还要见人，又花时间又费心力的……肯定你比较亏啊。”

“在购物网站结账的页面输入信用卡公司的员工号，可以享受折扣价，而且我尽量在上班时间下单买东西，面交约在午餐或外勤的时间段，不太占用个人时间。总之，尽量减少损失，找平衡点呗。”

听她这么说，我突然没头没脑地说了一句：“其实，我是香蕉市场 App 的员工。”

乌龟蛋惊讶地看着我，然后非常用力地拍了一下手。她并拢的双手停住不动，像在祈祷一般，横在我和她之间。

“真的吗？我见到了我的恩人。”过了一会儿，她说。

她开始如数家珍般列举香蕉市场 App 有多好用，设计有多贴心，比起同类 App 好在什么地方，等等，我听到了真正的“顾客心声”。她还说，她最喜欢的功能是“调出已发帖子”。

“一般二手网站或 App 上，发过的帖子会被一直往后推，要再调出来很麻烦。在别的 App 上发帖子时，我每次发新帖子，就得先找出旧帖子，把里面的内容复制粘贴过来，还要上传新的照片……像我这样一次上传好几篇的人，一一处理起来特别麻烦。但用香蕉市场 App 时，只要点一下，就可以调出历史记录，实在太方便了。”

“调出功能”是我提出的点子，也是我策划推进的。为防止有人恶意刷屏，每三天只能用一次。

“你们 App 的聊天功能很方便，给买家打分的功能也很好用，不过要更改已发帖子里的照片时，偶尔会有问题。明明在修改页面上换好了照片，点下确认，回帖子目录一看还是跟之前一样。”乌龟蛋提出了一个问题。

这个问题我们已经发现了，Kevin 应该在努力改善这个问题了。

“这个 bug 我们已经发现，正在改进，下次升级应该就可以解决了。”

听我这么说，她非常高兴，还说下次一定要在 App Store 里给我们打高分。

我们走出咖啡店，外面一派春意盎然，仿佛能感受到春天奔向夏天的欢快劲儿。怎么觉得昨天还是早晚凉飕飕的早春，这会儿后脖颈已经能感受到暖暖的阳光，晒得背后微微有点出汗。脖子上挂着员工证的上班族把薄薄的风衣搭在手臂上，手上捧着外卖咖啡走在路上。这是他们一天里唯一可以活动活动身子，晒晒太阳的时间。这时，一大群挂着互联网公司员工证的人从我们面前经过，是 Kevin 之前就职的那家公司。像我这种人，之前上班的小公司倒了，只有现在这家公司要我，所以我才来的，那么聪明的 Kevin 为什么要来这家公司呢？我们老板的口头禅是“等拉到广告一定给你们涨工资”，我早就想到 Kevin 应该不是冲着高薪来的，但没想到的是，老板把 Kevin 吸引过来的“王牌”是“你可以做任何你想开发的东西”——拿这种话来说服别人真是够新鲜的，但有人被这种话说服更令我惊讶。不过，我不知道 Kevin 现在能不能做任何他想开发的东西，毕竟每天出现的 bug 已经够他忙的了。

乌龟蛋下午要出外勤，所以要去板桥地铁站附近的停车场开车。我们为了过马路，一起走上一座天桥，但快上完楼梯时我惊讶地发现，这座天桥不是连接到马路对面，而是连接到同一边的马路。也就是说，天桥本来应该是横跨马路的，可这座天桥却是与马路平行的。

乌龟蛋问我：“好奇怪啊，这样也算天桥吗？”

“不清楚呢，好像是设计有问题。”

“这座天桥下面有遮阴，可以躲雨或是躲避阳光，会不会是为了这个用途而设计的呢？”

“也许是为了让坐了一整天的白领们有机会运动一下。”

“也许这座桥就是一尊雕塑，也许法律规定每栋楼旁边要建一座雕塑，所以这里只能做了这个非常没有诚意的雕塑。”

“这下怎么办？”我问她。

“下桥呗，还能怎么办。”她继续说，“不过，这里视野很好呢。”

乌龟蛋走向天桥中间的栏杆处，支起两只手臂，托起了下巴。我也走到她身边，欣赏起风景来。外表如镜子般闪闪发光的大楼鳞次栉比，每一栋楼都充斥着未来感，像是为了刻意营造出一个科技感十足的韩国硅谷。第一次来这里时，我还以为自己来到了科幻电影里的太空城。可是，再怎么充满科技感，冬天过了河水照样流淌，到了春天樱花照样绽放，然后是夏天，周而复始。她用手指着远处说，“哇，NC大楼这样看好美哦。”

NC软件公司是板桥最大的游戏公司，公司规模大，连办公楼的规模也力压群“楼”。

我说:“说起来，那栋楼起码有一两块玻璃是用我的钱买的。”

“哦，你玩过他们家的《天堂》(一款电脑游戏)？”

“以前玩过。”

“这里还有很多创业公司吧？”

“非常多，我们公司那栋楼里就有五六家吧。”

“我以前看过一句话，说只有百分之三的创业公司能活到最后。怎么样，香蕉市场能成功吗？”

我再次看向NC软件大楼。巨大的建筑物中间挖了一个大洞，形成一个长长的“口”字形，正是大中午，楼的中间露出一块明晃晃的天空。那些挂着员工证，拿着咖啡走来走去的白领，应该都至少看过一次那块四方形的天空。每次看到那片像被相框框起来一般、方方正正的天空，我总会想象着有什么东西穿过那里，比如龙、鸟群、热气球、直升机。

“不太清楚，我们的老板或副总应该每天都在想这些问题吧，怎样能拉来投资，怎样能赢利，怎样才能跻身百分之三成为成功的创业公司，一直到入睡前都在苦恼，有数不清的担心。我嘛，反正下班回家之后就不想公司的事情了。”

“我也是，一出办公室，脑子里关于公司的事情就像拔掉了插头。只想美好的东西，只看美好的东西，比如乌龟，或是乌龟的照片，或是乌龟的视频。”乌龟蛋说。

当我转过头看她时，她已经拿出手机，在翻相册，然后给我看一张用微距拍的乌龟侧脸，乌龟眼睛下有一道鲜明的橙色。

“可爱吧？我们家乌龟，名字叫兰博。”她又加了一句，“兰博基尼的兰博哦。”

我假装理解地点了点头。她马上又翻了一张乌龟的照片给我看，在我看来和前一张没什么不一样。

“它是老二玛莎。”她说。

“……拉蒂？”

“嗯，对哦。”

她非常开心，又挑了一张乌龟照片——和刚才那两张也没什么不一样——给我看：“它是老幺。”

“它难不成叫法拉吗？法拉利的法拉。”

“哦哟，你太聪明了。”

我一边掏钱包一边问她：“你在香蕉市场 App 上卖的东西

中，我还可以再买一件别的吗？”

*

虽然她问我的时候我没说，但其实我在公司里哭过，是因为那次背后传来的Kevin叹气声让我压力爆棚，尽管只哭了一下下，不过确实哭了，就在我用脚大力踹开卫生间门的那一瞬间，眼泪涌了出来，然后就没了。仅此而已，可也不能算是没有哭过。

我从乌龟蛋车的后备厢里买了一个小小的乐高玩具，和Kevin桌上摆着的那套乐高同样是“星球大战”系列的。Kevin还没进我们公司时，我就知道他喜欢乐高。他是老板认识的人介绍来的，所以进公司是板上钉钉的事，但也不能完全不面试，所以还是走了个过场。面试时，老板先问了三四个和开发相关的问题，最后问了一个问题：

“我们公司规模小，所以你不仅要会开发，还得和别的同事好好相处，毕竟公司十个人都不到，抬头不见低头见，要是有点不愉快连躲都躲不开，所以擅长社交也是很重要的。你能和同事好好相处吗？”

这时Kevin说起自己在科学技术院（KAIST）读大学时在乐高社团里担任了三年的后勤部长，以此为例证明自己擅长社交。当时我本来像个透明人一样坐在老板身边，听到这里差点笑喷，好不容易才忍住。科学技术院、乐高社团、后勤部长，不管哪一个词听起来都是非常不擅社交的感觉。若是会长，而不是后勤部长的话，还说得过去。据说，性格内向的程序员和别人对话时看着自己的鞋子，性格外向的程序员看着对方的鞋子。在这个社会上，乐高社团意味着什么？难道是一群热爱聚会的社交狂吗？

下午一点十分，我上了办公楼的天台，这是 Kevin 每天抽烟的时间。他的生活规律得跟机器人似的，连抽烟都在固定时间进行。如我所料，我恰好碰上了刚抽完烟的 Kevin。他看到我吓了一跳，看到我手中星球大战系列达斯·维德的变形金刚又吃了一惊。

我把乐高盒子递给他："这是提前给你准备的生日礼物。"

估计他脑子里还在想该不该收，但手已经不知不觉伸向了盒子，像是一台算法出了错的机器人。

"该不会这个你已经有了吧？"我又问他。

"没有，我没有这个，我本来想买的……"

他把盒子夹在肚子和两手之间，摸着盒子的角。他回答的时候既没有抬头，也没有看我。我慢慢走到他抽烟的天台角落，踩在花坛砖头上，环视眼前的风景。在这里，不仅能看到那栋"口"字形的大楼，还能看到我和乌龟蛋上过的那座奇怪的天桥。

我回头对他说："你可不可以稍微跳出来看自己写的代码？"

Kevin 一语不发地抬头看着我。

“希望你不要把你写的代码和你自己视为一体。”我又加了一句，“bug只是bug，bug并不会真的把你吃掉。”

他的视线看向我的运动鞋。我一下子从花坛上跳下来，从地上放着的购物袋中拿出胶囊咖啡机的盒子说：

“这个可以放到茶水间，一起喝吧。胶囊，就让那个大植买吧。”

就在这时，我和他的手机一起响起了短信铃声。我们各自从口袋里掏出手机，然后我和他用同样的表情笑了起来。

*

我独自待在办公室，原以为已经下班的老板突然走进来跟我搭话，问我周五为什么不早点下班回家。我推脱说还剩点事情要处理，他一副很感动的模样，低头看着我说：“等拉到广告，多赚点钱，我一定再给你们企划部多招一个人。”

“先别急着给企划部招人，不如多招一个做苹果App的开发员吧，我快受不了了。”我回他。

“怎么啦？说说看，是不是Kevin最近又欺负你了？”

“反正说了也没用。”

“Kevin这家伙，都怪我太顺着他，这是要上天啊。”老板说着，突然无缘无故地用力踹了一脚Kevin的椅子。带轮子的办公椅灰溜溜地滚到了办公室的门口。这种事他当着Kevin的面肯定做不出来，要是Kevin说想辞职，老板搞不好会跪下来求他不要走。

“他的活儿两个人做都够呛，您让他一个人撑着，他就算再怎么天才，也会累啊。您不会当他是乔布斯吧？”我说。

“知道了。我要是能拉到广告，真的，先招一个苹果开发员，再给你招一个下手。”

我把散落在桌上的三四个一次性纸杯叠整齐，然后扔进了垃圾桶，对他说：“David，我们别喝速溶咖啡了，以后改喝胶囊咖啡吧。咖啡机我来准备。”

“嗯……那个咖啡很贵吧？”

“当然比速溶咖啡贵啦。不过喝了胶囊咖啡，大家做事情的效率也会提高，不是吗？就像吃高级柴油的汽车当然和吃一般柴油的汽车不一样。”

他还是没法爽快地答应，抱着双臂迟疑地说：“讨论一下再决定吧，我会尽量考虑你的建议。”然后又加了一句，“你知道我很在乎你的意见的。”

装什么可怜。

其实我不是为了加班才留下来的，今晚九点要开售鲁波夫·斯米尔诺夫的个人演奏会门票，等我从公司回家已经超过九点了。我打算索性在公司里打发时间，买好票后再安心回家。

我在卖票网站上打开虚拟时钟，等待着 21:00:00 的字样出现，顺便点开了“孤独的赵成珍”聊天室。一进去就看到有人发了一张赵成珍的照片，下面写着“谁能给我发张卡内基音乐厅的高清照片”。我打开了 MacBook“肖邦·赵”文件夹，数千张 jpg、gif、avi 格式的赵成珍在屏幕上一一摆开。我双击点开其中一张照片，跳出一张他嘟着嘴，甩着刘海弹琴的动图。虽然听不到声音，但我知道他演奏的曲子是德彪西的《月光》。他的相貌真是无可挑剔，怎么会有人长得那么优雅呢？

接着我打开了存放卡耐基音乐厅照片的文件夹，挑了几张高清照片发到聊天室里。很快，聊天室里又出现了一张赵成珍的照片，下巴靠在一架大钢琴上。照片旁边的留白处，歪歪扭扭地写着一行字——

“感激不尽，祝少干活多赚钱。”

趁还没到九点，我还可以处理一些别的事情。几个月前我就买好了赵成珍香港个人演奏会的门票，一看日子不到一个月了。我打算利用假期和周末，再加上一天宝贵的年假，去香港待四天三夜，看看表演，顺便吃吃喝喝。我打开订票网站，订好了去香港的往返机票。虽然有点贵，但今天是发工资的日子。没关系。

我的福冈导游

过了入境海关，走出国际航站楼，果然看到一个大巴售票点，和智友说的一样。我拿出手机，把她发给我的日语递给窗口里的售票员看，很快买到了一张去往汤布院的大巴票。售票员把票递给我，用手指比了比出口的方向，又指了指自己的手表，重复了几次，嘴里还说着什么。我猜她大概是说大巴快要出发了，让我赶紧去巴士点。我往巴士点的方向跑了几步，突然忍不住笑了，一切是那么难以置信，昨天上午的我恐怕根本想象不到今天的自己竟然会跑到这里来——日本福冈国际机场。

是我先给智友发的消息，然后过了整整一个星期才终于和她联系上。我之前也总想着是不是该联系一下她，但过了一年才给她发消息。没收到回信的那一个星期，我的第一个念头就是她肯定是因为看不起我才不回我，心里念叨着“太过分了”，不过转念一想“是不是她没看见呢”，接着又想“她可能不想理别人吧”，最后又回到“太过分了”。各种念头轮流转了三四圈之后，我终于收到了回信：“嗨，好久不见。”普普通通的一句话，让“太过分了”的想法一下子跑到九霄云外去了。

去年春天，我们公司员工网的公告栏上出现了一则“法务部宋智友配偶葬礼”的通知，不到三个月前，同一个公告栏上才刚刚登出了她婚礼的通知。一时间，员工食堂、公司大堂、吸烟区，所有人都在议论这件事。大家皱着眉头，嘴上却说个不停，“听说是车祸”“才新婚就出这种事太可怜了”，边说还边咂嘴，好像对这种苦涩的味道上了瘾。还有人说：“什么，她结婚了？”又接着说，“也不知道她登记了没有？”我犹豫了半天该不该去吊丧，最后还是决定托代表我们部门去参加葬礼的同事捎一个大一点的白包，里面装的钱是正常数额的两倍。那时我还不知道，她丧假一结束竟然马上辞职了。

智友说，她辞职后便移居日本了。这个我之前听公司同事说起过，怕她尴尬，于是装作第一次听说。

“我最近住在福冈。”她说。

“那里不是发生过地震吗？”

“那个是福岛。”

我告诉她，别说是福冈，我连日本都从没去过。智友听后，似乎真的吃了一惊。她奇怪我怎么会三十多岁了还没去过日本，还笑我比她想象中的要更没见过世面。我们之间的关系仿佛回到过去一般亲近，尽管被嘲笑了但我还挺开心的。

“你什么时候来福冈玩一趟呗，我带你去吃真正地道的美食。”她又发来消息。

“你请客吗？”我回她。

“那当然。”

“这种话我可是过耳不忘。”

原本还担心和她聊天会不会尴尬，没想到自然得就像是我俩昨天才刚见过面一样。也是，一年前，我们几乎天天都见面。我们谈天说笑，聊手忙脚乱的新员工，聊部长的减肥，聊老板不久前上报纸接受采访。我们会因为同一个梗而笑，笑点出奇地一致。智友又问我公司最近气氛怎么样。我故意非常感慨地说，今天是公司的创立纪念日，接着是儿童节、佛诞日这样的公休假，然后还连着周末，是难得的“黄金假期”，所以同事们都打算出去玩。

她又发来一条：“你呢？不去哪里玩玩吗？”

我本来要输入“就这么待着呗”，突然连点了几下删除键删掉了那句话，重新写道：

“我在想要不要买一张去福冈的机票，反正去了那里有人带着玩，还要请我吃饭呢。”

智友在对话框里发来好多“哈哈哈”，这确实很像她现实中的笑声。我想念起她的侧脸来，饱满的额头线条柔和地过渡到鼻梁，笑起来时鼻梁会微微皱起。同时，我打开笔记本电脑，开始查去福冈的机票，正好第二天下午两点有一班飞机。我想也许这是最后一次机会，直接点了付款。也就一眨眼的工夫，在我点下支付键前，想起有个前女友在那家航空公司的国际线当空姐，稍微犹豫了一下。也就稍微犹豫了那么一下下，真的只有一下下。我安慰自己，反正去日本的飞机也就一两个小时，真遇上了，最多也就尴尬一会儿而已。要是标准这么严格，去掉这家航空公司的话，就没几家飞机能坐了。我立刻用手机拍下标明出发时间和到达时间的机票订单截图，发给智友。智友收到后又发了好多“哈哈哈哈”，过一会儿回道：

“我第一次看到这么有行动力的人。”

这话听起来不赖。我问她这段时间有没有别的安排，她给了我一个明确又完美的答复：

“没有，现在日本也是黄金周，Golden Week。”

这下没问题了。从那时起我安下心来，着手加快进度。我开玩笑地说，君子一言驷马难追，让她必须请我吃顿好的。她笑了，说虽然是五分钟前才答应的事，但说好了就不会改。她甚至帮我安排好了行程：

“那你先来汤布院怎么样？我这两天在这里休息呢。”

她说会在自己住的地方附近为我找好住处，我们先在汤布院玩一玩再去福冈。汤布院也好，福冈也好，福岛也罢，对我来说一点都不重要，去她在的地方才是最重要的，所以我全都说好，一直重复发送“好啊”“太好了”。

其实我和她没有特殊的关系，但我很肯定，我们之间有种暧昧的氛围。别看我三十岁了还没出过几趟国门，但交往过的女生可不少。恋爱这种事，只要看几眼对方的脸，聊上几句，我就能判断出有没有发展的可能。不过呢，我已经不是二十来岁的愣头青了，过了而立之年，懂得凡事要等待恰当的时机。

初见面时，她有男朋友，我也有正在交往的人。这不是什么大问题，反而有利于双方坦荡地聊起各自的恋爱状况，还能在两人之间营造出一种隐隐的紧张感，让她发现男朋友的不足之处。这招我常用，而且很见效，可她始终没有透露自己的恋爱情况。每次我刻意把对话引向那个方向，她都不再说下去。于是我直接问她男朋友的近况，她也只是问什么说什么，从来不会主动提起。这也不奇怪，有些女人是会这么做，因为不想失去男生对她们的好感，虽然不太常见，偶尔还是会遇上。我很老练地等待着。我的原则是，不管是我这边还是她那边，都不要脚踏两只船。我十拿九稳地盘算着，先不紧不慢地培养感情，然后找个机会正式提出来。没料到，我等到的是智友递来的请帖，请帖上画着两只脖子上系着蝴蝶结的鸭子。

“好看吧？我画的哦。”她说。

我只好接受这场意外的落败，不得不承认一直是我在单恋她。她办婚礼的那天我没去，托同事捎了个红包，但待在家里稍感凄凉，于是独自开车出去兜风。当我沿着江边北路漫无目的地往前开，开上汉江大桥时，正好看到对面车道上开过来一辆婚车，引擎盖上系着一个巨大的蝴蝶结。虽然不太可能，但我直觉那辆车里坐着的就是智友。回想起我和她的关系，是我太大意了，错过了时机。我想起有几个决定性的瞬间，都从我手中溜走了。尽管如此，我嘱咐自己不要对她有所留恋。交往中的女友反正到了该分手的时候，于是我当机立断地分了，之后很快又有了新女友。

我不是没想过她有可能重新恢复单身，毕竟结了婚也不意味着永久，但真的没想到会是丧偶。我发誓我连这样的愿望都没有许过。反正我的哀悼于我于她都无济于事，所以我替她难过了一下也就过去了，我决定只考虑我自己。人本来就是自私的，我把这当作是上天重新给我的机会。我在网上搜索过“老公死了之后要多久心情才能平复”，可是找不到答案。也许是结婚时间的两倍？他们一起生活了两个月，那就是四个月吗？还是要过一年才会平复呢？我有点着急了。总之，现在，我抓住了她的“黄金周”，剩下的事情不言而喻——去福冈、见智友，接下来呢，只剩下我最有自信的部分了。

第一天

傍晚时分，我从客运站打了辆车来到了住处。我走得太急，到了才发现住的地方不是酒店，而是日式温泉旅馆。一走进墨色屋檐的大门，就看见一个非常小巧雅致的庭院，院子里种着几棵竹子。走过小圆石上的几座石桥，我看见智友站在旅馆的前面，身着碎花图案类似和服的衣服——后来才知道，那不是和服，而是“浴衣”，在这里我也得穿那种衣服。除了一头短发已经及肩，她和一年前完全一模一样。

“又见面了。”智友说。是我喜欢的那个嗓音。

“你一点没变。”

这是真心话，我心里没来由地发烫。我这才意识到，也许我对她的感情，比印象中更深。她从温泉旅馆的员工手里接过钥匙，递给我：

“你放好行李后来我房间。”

我简直怀疑自己的耳朵：

“去你房间？”

“要吃晚饭啊。你把衣服换成我这样的再过来，我住在你右边的房间。”

她说现在是旺季，本来很难订房间，正好她的隔壁房临时取消了预订，所以才能订到。她要我好好谢谢她，说着又笑了。但是，为什么让我去她的房间呢？一切都难以置信。我甚至想，难道之前的恋爱不顺，现在终于要得到补偿了吗？我在旅馆员工的指引下，上了二楼的房间。打开房门，是我在日本电影里看过的榻榻米房间，空间不大却很温馨。房间的一侧是衣橱，里面放着一套叠得整整齐齐的浴衣，花色和智友身上的一样。我这趟来可是经过了精心的打扮，突然要我换上碎花的衣服，真是有些错愕。但我还是听她的话换好了衣服，来到了隔壁房间。房门刚拉开一半，就闻到里面飘出的食物的味道。我走进去，看到一张巨大的矮桌上摆了满满一桌吃的，是两人份的食物，每人还有一个小火锅，在小火上煮着。一眼望去足有二十多种食物，满满当当。

“你再晚来一点就吃不上了，现在是晚餐的最后一个时间段了。”她一边往冰冻过的杯子里倒上啤酒，一边说。

“我不知道晚餐是在房间里吃。”我说。

“你还真的是头一回来日本呢。”她笑了。

我和智友隔着餐桌面对面坐着，一切的一切都超乎期待。冰爽得喝一口就上头的啤酒、穿着浴衣的她，还有我们的聊天。是的，那是我一直很怀念的聊天。我不是因为她漂亮而喜欢她，虽然她的确挺漂亮的，但漂亮的女生很多，只要我愿意，随时都能找一个。她的外貌和我之前交往过的女生相比并不算突出。就我的经验而言，漂亮女生都很无趣。但和智友认识这么久，我从没有一个瞬间觉得无聊。我和她很聊得来，这是之前和别的女生交往时从来没有过的感受。和智友聊天时，她嘴里吐出来的字与我的呼吸完美契合，融汇成一种独特的节奏。无论是聊工作还是聊生活，是轻松交谈或是插科打诨，打情骂俏或是互相嫌弃，我们总是你一言我一语，就像打扑克牌一样，你出一张我接一张。她很爱笑，也很会开玩笑，可谓“攻守全能”。真的，连一点乏味的缝隙都没有。

智友是一名律师，三年前进了我们公司的法务部。当时我负责一项新产品的开发，负责那个项目法务咨询的人离职，她正好填补了这个空缺。交接业务的第一次会议结束后，我独自来到公司咖啡厅点了一杯咖啡。刚在会议室里见过面的她突然跟我搭话：

“你在社刊上写的影评，我拜读了呢。”

啊，那玩意儿。虽然我是写给别人看的，但第一次有人当面告诉我读了我写的东西，我的脸颊一下子火辣辣的。刚进公司时我上过社刊的封面，结识了当时的社刊负责人，他让我在隔月发行的社刊负责一个固定栏目，每期写一篇影评。“我想写什么就可以写什么吗？”“当然了，只要帮我凑齐页数就行。”“可以写艺术电影吗？”“当然了，反正谁都不会看。”我跟他聊完之后，果真随心所欲地写了起来。上个月我写的是什么来着？啊，重点不是这个，原来真有人在读那些影评啊？

“你看完那部电影真的是那么想的吗？有句话我倒想跟你理论理论。”她问我。

“哪句……”

“你在最后一段写道：‘这是普通人和普通人之间的爱，无法命名’，可我不这么认为。”

她的架势仿佛是时政辩论节目上的市民代表。

“哈哈，原来是那句，不过也请你尊重我对电影的解读。”我回敬她。

在智友的提议下，我们在公司咖啡厅边喝咖啡，边短暂地聊了一会儿。聊了些什么我已经记不太清了，但对话时涌动的气流，或者叫作“氛围”，时常清晰地浮现在我的脑海里。我们是在进行精神层面的交流，两人都稍微有些激动，仿佛产生了某种化学反应，碰撞出了火花。长长的对话结束后，她要我承认我的解读不对。我把双手稍举过肩膀：“好，我承认。”然后我抓住刚才对话中捕捉到的信息，又加了一句，“咱俩好像同岁，以后就当朋友吧，公司里的朋友。”

晚餐期间，身着和服的旅馆员工一直挪动着小碎步在榻榻米房间进进出出，一刻不停地撤走空盘，端上新菜。餐后点心一上桌，一位看上去像是经理的人走进来，向我们说明了温泉的使用方法，智友当场为我翻译：

“天台上的露天温泉是这家旅馆的特色，一楼还有个小一点的室内温泉，一楼温泉早上是男汤，下午是女汤，天台温泉正相反，还有晚上九点以后是混浴。”

“混浴？”我不禁重复这个词。

“怎么，你想试试看？”智友问。

“倒也不是……”

“来都来了，试试呗，反正黑乎乎的什么都看不到。”

“瞎说什么呢，别了别了。”我摆手。

“我想了想，你要是现在不去，可就去不成天台的温泉了。”

“什么意思？”

“他们旅馆主打的是天台温泉，可是男汤时间已经结束了，一楼的要明天早上才能去，而且是室内，挺一般的。你来都来了，难道不去试试露天浴吗？”

“说的也是。”我说。她的话很有说服力。

“我昨天已经去过了，真的很棒，满天的星星像是要落下来一样，像这样。”她把手举过头顶，张开手，用手掌朝着脸的方向压下去，“你不去的话会后悔的。”然后她很惋惜地又加了一句，“我今天还要再去一次。”

这话令我想起了一张照片。有一回我在智友的笔记本电脑上看到了她的桌面图片，夕阳西下的海边是一排挺立的椰子树，图片右下角有一个拿着冲浪板的女生，是侧立的剪影，只有指甲盖那么大。仔细一看，那个女生穿着比基尼，再仔细一看，有些模糊但完全可以猜出来是谁。

“哇，这是你吗？”我问。

她本来在整理别的资料，赶紧跑过来合上了笔记本电脑：“别人的东西你看那么仔细干什么？”她一把拉过电脑。

“你放在这里不就是给别人看的嘛，有什么不对吗？”

“才不是呢。”她噘起嘴。

后来开会的时候，我再次偷瞄了她的笔记本电脑，桌面还是一样，但她开了一个 Excel 文档挡住了右下角，像给自己盖了床被子。

去天台温泉之前，我在房间里做起了俯卧撑。做到大概五十个的时候，汗珠顺着耳朵滴下来，手掌印在榻榻米地板上留下了深深的痕迹。我做满一百个后，从卫生间的镜子里端详自己的上半身，依次鼓起胸肌、腹肌和三头肌，这才心安理得地走向混浴。

我上了楼梯，打开通往天台的门，首先看见的是一座木制小屋，估计是脱衣服的地方。我听见小屋后面传来流水的声音，看来从这里出去就是温泉了。更衣室有两扇门，门上分别写着“男”和“女”。反正出去只有一口温泉，这里分两间有什么意义啊。我走进小屋，果然是更衣室，房间隔板上放着三四个塑料筐。我脱掉浴衣放进筐里，拿出一条从房间里带来的毛巾绑在腰上。我做了一个深呼吸，推开一扇看上去像是出口的门走了出去。天台很宽敞，越过矮矮的围墙，可以看到整个汤布院和四周黝黑的丛山。背后传来一个熟悉的声音：“你来啦？”

温泉里只有智友一个人。她坐在最左边，只有头露在水面上，头上包着白毛巾。我的心脏突然“哐”地一颤，仿佛要掉到肚子里去了。谁说黑乎乎的什么都看不到，根本不是这样，月光比想象的明亮多了。温泉水虽然一直在流动，但水流并不急，可以隐约看到水中她右胸的剪影。我赶紧把视线移到她的脸上。当我和她对视的那一刻，她若无其事地从水里伸出手来，向我挥了挥。果然，这次来对了。我在心里不停地对自己说，这里只不过是温泉而已，镇定镇定。趁她抬头看天空时，我赶紧扯掉腰上的毛巾下了水，坐在了温泉的最右边。我和她的裸体泡在同一池水里。我要镇定。

“怎么样？只有两个人，就不觉得挤了吧？”她说。

“是啊，星星也看得很清楚。”

“现在这家旅馆里韩国人比日本人还多，所以很空。”

“这话什么意思？”

“韩国人一般不会来混浴。多亏如此，昨天我一个人包场了呢。”

“也是，一般人听到混浴都会吓到。”讲得好像我没被吓到似的。

“何必呢？不就是公共澡堂嘛，难道脱光了就会发生什么吗？”

“就是说啊。”我附和着，接着问她，“你为什么会来日本呢？”

“我妹妹住在日本，这里和韩国近，我也会说日语，很快就能找到工作。”她停了一会儿又说，“反正呢，我就是不想一直待在韩国。你和谁生活，有没有男人，结婚了没，这种事日本人不会问个不停，自在多了，虽然不知道他们心里在想什么。”她说自己小时候在东京生活过一段时间，很适应这里的生活方式，还说她爸爸是驻外人员，她小时候随爸爸外派，在德国和日本上的学："你知道德国也有混浴吗？所以我觉得混浴没什么。我招待朋友时一定会来温泉，但大家都觉得混浴很尴尬。德国连澡堂都是男女一起进去的，小时候我以为别的国家也是这样的呢。"

就在我听她讲小时候的故事时，天台上出现了一对中年夫妻——一看就知道是韩国人。大叔大腹便便，简直像个即将临盆的产妇。他轮番打量坐在温泉两头的我和智友，然后默不作声地在我这边坐了下来，身上还穿着一条软塌塌的四角内裤。我和智友默契地互看了一眼，两个人都咬住嘴唇，拼命忍着笑。那个看起来像是他老婆的大妈甚至不敢靠近温泉汤，站得远远地东张西望。

"奇怪了，这里穿泳衣下水的吗？"大妈紧紧地抓着身上裹着的浴巾自言自语。

就在这时，智友忽然从水里站了起来。这发生得如此突然，天台上包括我在内的所有人都条件反射般地盯着她看。大妈发出了"啊！"的尖叫声，然后看着我泡在水里的身体大喊：

"老公，我就说嘛，这些人都脱光了啊！"

她的语气好像我们听不懂似的——也许她把我们当作日本人了。其实我和大妈一样惊慌。智友一丝不挂的裸体在月光下显露无遗，正是我之前在电脑桌面上看过的那个身体。不对，当时看到的那个是模糊的，眼前看到的却是完完全全曲线毕露的身子。智友在池边围上一块浴巾，走进更衣室，拿出钱包，又走到了自动贩卖机前。大叔用游离不定的眼神看着我，仿佛在说："你也是光着吗？没穿内裤吗？"然后张皇失措地扯着湿透的内裤离开了温泉。那对夫妻仓皇逃离天台的声音传了过来。我趁智友盯着自动贩卖机时，目不转睛地望着她的背影，虽然此刻的她围着毛巾，但我刚刚看过，所以知道那里面的屁股是什么形状。屁股，法务部宋律师的屁股，宋智友的屁股。我有点头晕，只好从水里站了起来。温泉的水温好像越来越高，搞得我浑身滚烫，脸也像快烧焦了一般。我从水里出来，冷空气打在我的皮肤上，虽然只是短短一会儿，但让我感觉好多了。这时，我听到自动贩卖机掉下易拉罐的声音，赶紧又把身体泡回水里。智友拿着两听啤酒，笑眯眯地朝我走来。我也朝她微笑。她毫不在意地解开身上的毛巾，用非常缓慢的速度解开，然后下水。她为什么——非要——用这么慢的速度呢？

"你不热吗？"她递给我一听朝日啤酒。

热啊，怎么不热，我假装泰然地说着反话：

"还好，没我想象的那么热。"

"那个内裤大叔真是的，到底在搞什么？"她用奚落的语气说。

"就是啊，怎么能穿着内裤下水呢？"

我说着又想起了大叔那条松垮又湿透了的内裤。我们俩都爆笑起来，刚安静下来，其中一人又会憋不住再笑出来，刚忍住笑的人听到对方的憋笑声，又再次笑出来，两个人嘎嘎地笑了好一会儿。明明没什么好笑的，但为什么这么有趣呢？是因为我在旅游吗？今天是超乎期待的第一天。我侧躺在我的房间——也就是智友的隔壁，心里想着智友。我不是二十三岁，已经三十三岁了，我懂得要等待最恰当的时机，一定要等。这只是黄金周的第一天而已。

第二天

从汤布院来到福冈，我们的第一站是大濠公园。公园中央有一大片湖水，从公园大门口向里张望，湖水一望无边。沿着湖边漫步，走到正好一半的位置有一家星巴克。星巴克是一栋狭长的楼，沿着水面呈一字展开。我和智友进星巴克走了一圈，像是走过一条隧道似的。点单要排队，队伍一直排到了楼外面，我们也加入其中。

大概排到中间位置的时候，一位白发老爷爷推着自行车走了过来。他穿着一身利落的西装上衣，戴着一顶格纹贝雷帽，自行车前面的车筐里坐着一只浅褐色的小狗，也许是柴犬。爷爷跟智友搭话，好像是说自己要去上厕所，拜托智友帮他看狗。智友说自己去点咖啡，让我在这里看狗。爷爷停下自行车，把狗绳绑在前轮上。

我坐在草坪上，凝视着被绑在自行车上的小狗。这时一个日本女人走过来，蹲在狗的前面，说着“卡哇伊”。她乍看上去挺漂亮的，一双大眼睛，腮红涂得很重，从妆容来看是很典型的日本美女，但总觉得哪里有点不对劲。她坐到我的身边，看着我，突然问道："你是韩国人吧？"我吓了一跳，问她怎么知道的。她说："你长得像韩国人。"她还说自己喜欢韩剧，正在认真学习韩语，不过说得很生硬。看得出来，她尽力想要用韩语说话，我为了她也尽量放慢了语速。我本来听说日本女人不太主动，她的举动令我十分意外，怎么会先跟陌生男人搭讪呢。

"你，当过艺人或拍过电影吗？"她问我。

"什么？"

"你好像，你的脸，像模……特或是演员。"

"我拍过电影，当导演。"

这句话半真半假。大学时我曾加入电影社团，拍过小电影。我不是导演，是演员，电影也只是在校内剧场里播放的水准而已。

"原来是导演。"她眨巴着眼睛，"什么电影？"

"一个男人爱上了一个女人，有老公的那种。"

为什么说这种话？我也不知道我怎么会说出这种话。

"哇，好厉害。"她就像典型的日本女人一样，夸张地发出感叹，合拢双手靠近嘴边，然后她说起自己看过的韩剧，说特别喜欢古装剧，"其中，有一部叫作《痛伊》的韩剧我最喜欢。"

痛什么？据我所知，没有哪部韩剧的名字里带"痛"的啊。我想她一定是记错了，但她韩语不好，我不想和她聊太多这方面的内容，于是转移话题：

“我没看过日剧，但比较喜欢日本导演的电影。”

“哪个导演？”

“是枝裕和或松冈锭司。”

“啊啊。”她发出了感叹声，“我头一回听说。”

不可能吧，韩国人都知道这两个导演。

“那盐田明彦呢？”

“不认识。”她歪了一下头。

我对和日本美女的对话失去了兴趣。

“你要在日本待多久？”她问我。

“三天两夜，和我太太。”

“啊，你结婚了啊。”

她惊讶的样子有点过头了。我越过她肩膀往那边看：“她来了，我老婆。”

她惊讶地回头看，看到智友正两手拿着外卖咖啡杯走过来，慌忙拍着屁股站了起来：

“啊啊，不好意思，不好意思。”她赶紧低下头，朝星巴克相反的方向走去。虽非本意，我对那位可爱的日本小姐撒了谎。我有点抱歉，不过反正这辈子都不会再见到她了。智友斜着眼说：

“受不了你，这么点时间都忍不住，竟然还要跟女生搭讪？”

“瞧你说的，是那个女生来跟我搭讪。”

“哦哟，志勋先生还真是全球通吃啊。”

智友咧嘴大笑起来，露出一口整齐的牙齿。我这才恍然大悟为什么刚才那个日本女生看起来不太好看，因为她的牙齿不齐。智友两手拿着咖啡，帽子夹在腋下，那是一顶手织的渔夫帽。大概因为天气很热，她没戴，一直拿在手上，或夹在腋下。帽子已经扁了。

“给我吧，那个，放我包里。”我接过咖啡的时候说道。

她说没事，可以放在自己的包里，那是一个手掌大小的斜挎包。

“你那包怎么放得下，不戴的话就给我吧。”我从她的手里夺下帽子放进我的包里，“我欠你那么多人情，连这点忙都不让我帮吗？”

我把帽子放在背包的最外格，这时拜托我们照看柴犬的老爷爷回来了。他用日语和智友聊了几句。智友和老人说话时，先是微笑，然后皱眉，又笑着摇了摇头，然后把柴犬的狗绳递给了他。老爷爷离开后，我问她刚才说了什么。她有些难为情地回答：

“他问，我们有没有小孩。”

“哈哈。”

我想起刚才对日本女生撒的谎，有点开心。

“那你怎么回答他的？”

“我说没孩子啊，我还跟他说我们不是夫妻。”

“然后呢？”

我意识到我这么问似乎是在期待着什么。

“他让我们结婚后千万不要生小孩，要养柴犬。”

“总之是让我们结婚喽。”

“人啊，年纪越大，越爱挑自己想看的看，挑自己想听的听啊。”

“对啊。”我又加了一句，“昨天那个内裤大叔也是。”

“就是，永远都在坚持自己的老样子。”

我们捧着各自的美式咖啡坐在公园长椅上。她喝热的，我喝冰的，不时有慢跑的人经过我们的面前。眼前是一望无边的湖水，湖面上有人划着鸭子船慢悠悠地掠过，鸭子船的脖子上系着各色蝴蝶结。

“跟你以前画的鸭子一样呢。”我说。

“什么鸭子？”

“那个，就之前……你请帖上画的画，你说是你画的。”

我犹豫了一下，小心地开了口。

“啊，那个。其实是我老公画的。”

“那你为什么要说是你画的呢？”

“如果说是老公画的，总感觉……有点不好意思？”

很意外，我犹豫了一下问道：

“那时候你知道我喜欢你吗？”

“不算很确定，隐约觉得有一点。”

她边说边用脚上的白色跑鞋有一下没一下地踢着地上的石子。我们很长时间没说话，只是用眼睛追寻着鸭子船，一直到热咖啡凉了，冰咖啡的冰块全部融化。鸭子船上似乎全是恋人，他们的脚一刻不停地踩着脚踏板。

我们在大濠公园站搭乘地铁来到祇园站，前往一个叫作“东长寺”的寺庙。走出地铁站，远远望见一座红色石塔的塔尖，智友说那里就是我们要去的东长寺，那里有日本最大的木雕佛像。我们并肩走着，就像真正的恋人一样。从寺庙的大门只能看到雕像的腿，单看腿就能想象整个佛像有多大。走进佛堂之前要脱鞋。智友脱鞋时失去平衡晃了一下，我伸出双手挟住了她的肩膀。她转过头看我。我把手掌朝上伸给她，她自然而然地抓住了我的手，脱下了另一边的鞋子。她放在我手上的手指白嫩细滑，让我很想把另一只手也搭上去——当然，现在还不是时候。

木佛像比我想的还要庞大。深古铜色的木头素朴无华，雕法虽不精巧，但反而更适合这样惊人的体积。我可以看到佛祖那张紧闭的嘴、巨大的耳朵、优雅高耸的鼻子和微微张开的细长眼睛，以及一球一球的卷发。佛像很高，越往上面光线越暗。明明只是一尊佛像，它的眼睛里却透着栩栩如生的眼波，令人惊奇。倒不是因为眼睛刻得特别精致，反而是很随意，简直分不清哪里开始算是眼皮，哪里开始算是眼珠。但当我抬头看着佛像的眼睛时，感觉有人远远地俯视着我。我似乎能感受到它黝黑、湿润的眼神在黑暗中涌动。我们看了一会儿佛像的脸，然后在寺庙里转了一圈。庙里只有我和智友两个人。她在寺庙角落的祭坛上点燃蜡烛，双手合十，闭上了眼睛。她是在想她的老公吗？她老公是谁？是个怎样的人？两个人关系又怎么样？我无从得知。

智友结婚前，每次我和她在公司咖啡厅或大堂里说话时，同事们都会问我“你和那女的什么关系”，听到这种话，我总是特别得意。还有不少人说“还以为你们是一对呢”。我嘴上否认着，但也并不极力否认。我一般会说：“只是关系比较好而已。”如果同事说：“你们看起来很配，你可以追追看啊。”我就会做出一副不以为然的样子说：“人家宋小姐有男朋友了。”意思是这个秘密只有我才知道，跟大家炫耀我和她的关系已经好到可以聊私生活。对我来说，她男朋友或老公的作用仅此而已。我对他并无嫉妒，总是莫名地充满自信，笃定我才是更匹配她的另一半。

离开寺庙，我们又去往市中心。晚餐吃了肥肠锅，一人点了一杯啤酒，这是第二天的最后一个行程。我订的酒店在博多站附近。我说自己对日本不熟悉，拜托她送我回酒店，她爽快地答应了——这其实是个借口。这里又不是什么偏僻的地方，我怎么可能连家酒店都找不到。要不是智友和妹妹住在一起，我想尽办法也一定要送她回家的。怎么能让女生送我呢，虽然有点伤自尊，但这是无奈之举，为了实行我的“备选计划”。这里是日本，是她熟悉的地方，她应该可以理解。到达酒店后，我在她的帮助下办好了入住手续，在酒店大堂和她郑重道别，跟她约好等她下次来首尔时再见。

我搭上电梯，房间在七楼，我得赶紧上去。为了这黄金周的最后一晚，我还准备了一个计划，一个万无一失、经过验证的计划。

送女生回家，送到家门口就走，走的时候说“谢谢你陪我度过了美好的一天”，然后礼貌地道别。全程不要眨眼，保持稳重的微笑。走的时候毫不犹豫，转身就走，表现出我绝没有动你一根汗毛的意思。女生回家之后就会苦恼，我是没想让他进家门，可是……是我自作多情吗？是我有了非分之想吗？这时，我会再一次按响门铃。女生惊讶地打开门：“什么事？”“哦，这个，忘了给你。”我边说边从包里拿出她的东西——重要文件也好，太阳眼镜、围巾，或帽子也好，这是之前我借口说要帮她拿东西时，顺便放进我包里的。然后我用和刚才截然不同的表情，看着她的眼睛，一二三，数三下，两个人就吻在一起，说不清是谁先主动的。

一进酒店房间，我就开始翻包。奇怪，没有帽子。怎么办？总要有点什么东西让她来拿，才能把她叫过来。我到处翻找，怎么都找不着帽子，渐渐着急起来。这是多么不容易才抓住的机会啊。找不着帽子，但我还是急忙给她打了电话。

“喂？”她接起了电话。

我开窗向外眺望，想看看她走到哪里了。还好，还在看得到的范围之内，她大概有大拇指那么大。

我用眼睛追逐着窗外的她，对着电话说：

“智友，你的帽子。”

这时候，令人惊讶地，她从自己的包里拿出了那个束成一团的帽子，拿在手里，然后把手臂伸过头顶，用力地摇晃起来，帽子如同一块巨大的手帕随风飘舞。她还真是大大咧咧，不知道我心里有多焦急。不对，她是真的不知道我的把戏吗？此时我连这个都不太确定了。

“你什么时候拿走的？”我问。

“你刚才上厕所的时候，我从你的包里拿出来的。”

我惊慌失色，接着心里冒起一股无名火：

“你怎么搞的，怎么能随便翻别人的包呢？”

“你想跟我上床吗？”

“难道你不想吗？”

“我？有一半吧？”

她搞什么鬼？

“不过，现在不想了。”她补了一句，然后又说，“不管怎样，你想跟我上床的心很重要。”

“你这话什么意思？”

“我是说，非上床不可吗？”

“什么？”

“上了又怎么样，上了也不会有什么不一样，你也不是不知道。”

你又是怎么知道我知道什么还是不知道什么，这女人凭什么这么有把握？

她继续说：“比起上没上床，你想跟我上床的心意本身更重要，我是这么想的。”她又变成政治辩论节目上的样子，“这种心意，我也有一半，而且我们在一起的时候，两个人同时都有这种想法。我觉得这就够了，这种事也不值得让你伤自尊。”

奇怪的逻辑。我也赶紧准备了我的驳论：

“你以为我是为了跟你上床才来这里的吗？啊，你把我当成这种人，那我就太难过了。”我用力唤出所有真心，“我是为了上床吗？我才不稀罕呢。要那样我大可不必来这里。我才不是为了这个来的。我今天不和你上床也没关系。今天也好，明天也好，明年也好，我不是想跟你上床，就是想见见你。相信我，我可以等你回来，我已经等了你这么多年，还有什么等不了的？”我边说边委屈又郁闷，气都要喘不上来了，“你真的不知道吗？我喜欢你。我交往过很多女生，但直到现在，说真的，从来没有遇到哪一个女生能跟我这么聊得来。不冲别的，我就冲这个喜欢你的啊。”

我用力闭上眼睛，低下了头。深深吸了一口气。我从来不曾对别人说过这种话。虽然丢脸，但发自内心。若非如此，我何必喜欢一个结过婚的女人。我睁开眼睛，看到自己的两只脚，我都没发觉脚趾竟然蜷得紧紧的。短暂的沉默后，智友问我：

“你觉得我们很聊得来？”

“对。”

“嗯……那不是因为我很会说话吗？”

什么嘛，我抬起头。窗外的她已经消失了，只剩下她的声音回荡在听筒里。

“我现在上车了。”她温柔地说，“志勋，我知道你有能力又受欢迎，工作能力强，还很敬业，对吧？而且你长得又帅，身材又好。”

她边说边发出哧哧的笑声。这是在嘲笑我吗？我非常扫兴。

“你会遇到好女生的，要多少有多少。”她又说。

这口气怎么像在哄小孩。而且我好像被她说得真的变成了小孩，耍赖地说：“求求你再给我一次机会，就一次。”她一边逗我一边安慰我，试图哄我入睡：

“你明天一早还要坐飞机，现在赶紧洗洗睡吧。嗯？”

奇怪的告别，眼看着要结束，却又结束不了。一个人希望赶紧结束，另一人不肯结束，这烦人的折磨又持续了好一段时间才最终结束。简直是全世界最拉拉扯扯的一通电话。我甚至在哭，糟透了。我把手机扔到床上，用拳头敲着桌子，桌上一瓶没盖瓶盖的矿泉水滚到地上，弄湿了放在地上的背包。我赶紧拿起背包，背包最外面一格的拉链是开着的。臭女人，打开我的包好歹给我拉上拉链啊。她搞砸了我宝贵的黄金周。一想到自己竟然在她面前哭了，我顿生委屈，眼泪又要涌出来了。然后我就流着泪睡着了。

第三天

当我醒来时，发现还剩不到三小时就该离境了。一睁开眼睛，昨晚的羞辱如同追债的人一般向我冲过来，让我喘不上气。太过分了，真是太过分了。我到底为什么来这里？

我胡乱地把行李塞进背包，离开了酒店。我要去博多站搭机场线。天气和昨天不一样，有些冷飕飕的。我往地铁站的方向走着，两手插进牛仔外套的口袋里，摸到了几个硬币。这些钱我以后再也不会用到了。机票反正买好了，日元没用了。短期内我不会再来日本了，不，永远都不想再来了。

走着走着，已经快到博多站了。站口有位老奶奶，裹着脏兮兮的头巾，手里拿着纸杯在乞讨。她个子非常小，甚至有些干瘪。太好了。我从口袋里抓出一把硬币，全部放进了乞丐老奶奶的纸杯里。接着，发出了“哗啦”的声音，我扔硬币的手突然湿了。

“啊啊！”

老奶奶惊叫起来，像是要哭出来似的抬头看我。

不可能！纸杯里竟然是咖啡。我这才意识到，她不是乞丐，只是一个喝咖啡的老奶奶。我的手被咖啡溅湿了，黏糊糊的很不舒服。我不知所措地活动着黏糊糊的手指，这时街对面一个身材高大的男人冲我走来，嘴里喊着我听不懂的日语。他一副日本黑社会的样子，光头锃亮，下巴和人中上蓄着长长的胡子。他嗓门特别大，隔得老远我都能看见他额头上暴起的青筋。他到底是谁？是这个老奶奶的儿子吗？他到底在说什么，我因为听不懂就更加害怕，拎起背包急忙跑进了地铁站。

偏低

章宇好久没写歌了，新歌的题目是《冰箱歌》。刚开始没想写歌，看到由美站在那台巨大、泛黄的老式冰箱前的背影，一段旋律突然浮现在他的脑海。由美正把超市买回来的牛奶和鸡蛋放进冰箱里。章宇斜靠在咯吱作响的床上，拨弄吉他的琴弦，拍打了几下琴身，接着哼起了一段没有歌词的旋律。由美瞪圆了眼睛，转头看他：

“刚才那段旋律是什么歌？挺好听的。”

听她那么说，章宇随口配上了歌词：

“冰箱冰箱冰箱冰箱冰箱，冰香槟的冰箱。”

说是歌词，其实就这么一句。由美仰头哈哈大笑地说：

“亲爱的，这歌超棒，有点上头。”

由美很快学会了唱《冰箱歌》，跟着唱了起来。她打开手机镜头：

“这种东西就得趁还没忘赶紧拍下来。”

她夸张地上蹿下跳找角度。章宇依照她的指示盘腿坐在冰箱前，心想，一大早的，还穿着睡衣，到底是在做什么。想归想，禁不住由美磨他，还是乖乖照做了。

“要拍了哦，开——始。”由美说。

章宇按好吉他的和弦，开始唱《冰箱歌》——“冰箱冰箱冰箱冰箱，冰香槟的冰箱”——不断重复 G 和弦和 D 和弦的欢快旋律。刚开始还有些不好意思，拍了两三次之后，章宇已经忘了镜头的存在，全身心地投入到音乐里，边弹边唱，歌也越唱越有味道了。

第二天，由美剪辑了视频，上传到视频网站。可谓是真正的一炮打响。留言很快超过了一百条、一千条、一万条，播放量达到了三十万，让两人有些不知如何是好。正好赶上庆典活动高峰期，好几个活动打电话发出了邀约。虽然不是主舞台，只是卖票点旁边的暖场表演台，但这在以前也是完全不敢奢望的。台下观众会跟着唱还没有正式发表的《冰箱歌》，章宇在弘大附近一带也有了点小名气。他还听说，他的乐队“白炽灯泡”之前出的第一张专辑也有人去找来听了，要知道当年那张专辑只卖出了二十八张。一切都让他始料不及。

*

由美以前很讨厌这台冰箱。它太旧了，泛黄的颜色也不讨喜，还嗡嗡响个不停。而且它的性能也不行了，由美老是担心放在冰箱里的东西会坏掉，总是拿出来闻味道。她每次闻完一定会说：

“烂冰箱，干脆丢掉算了。”

这时，章宇总会这样回答：

“再怎么也好歹是台冰箱啊。”

《冰箱歌》出名之后，由美的态度不一样了：

“爱死你了。”

她说这台冰箱是拥有三十多万播放量的超级明星，一一拿出冰箱里的所有塑料隔板，用温水和洗洁精洗干净。她以前从来没做过这种事。

把这种事情拿出来说，会觉得她好像很庸俗，其实她心地不坏，反而比谁都要柔软。之前章宇跟她说起自己父亲去世时的事情，由美边听他说，边“哇”的一声痛哭起来，好像死的是自己的父亲一样。章宇轻拍着由美抽动的肩膀安慰她，心里想着也许她是真心爱自己。

这台冰箱是章宇刚来首尔，租下第一间房子的那年，父亲给他买的。

“喂，家什中啥最贵？”父亲像是给他出了个谜题。

章宇想都没想就直接回答“冰箱”，第二天，冰箱就送上门了，来自一家现在已经倒闭、消失在历史长河中的公司。冰箱上层是冷冻，下层是冷藏，是当时再普通不过的款式。冰箱本身很好，但放在巴掌大的月租房里实在太大了。父亲想送他一个最显档次的礼物，这种野心却把整个房间衬托得更加逼仄。章宇第一次租下的那间房只有不到十六平方米，一半在地上，一半在地下。一打开房门，可以看见一个靠着墙边小小的厨房，一扭头，又会看见另一堵墙前矗立着一台雪白的冰箱，占了好大一片地儿，仿佛这个房间就是用来放这台冰箱似的。

这是章宇第一次拥有一台冰箱，简直太奇妙了。一打开冰箱门，这种感受就更加强烈了。当他插上插头，第一次打开空荡荡的冰箱时，盯着里面发了好一会儿的呆。他记不得自己看了多久，但可以肯定的是，他看了很久很久，直到头都被冻得发麻。冰箱里比他想得更光鲜亮丽，雪白深邃的空间充盈着金黄色的光芒，给了他一种凉飕飕中还带着温暖的感觉。一直盯着冰箱里面看，简直有种被吸进另一个次元的感觉。之后好长一段时间，章宇每次想问题时就会把头放进冰箱里。当时的冰箱制冷还相当好，也不太吵。

五年前章宇的父亲因病去世。据说他临终前，眼睛还是半睁的。那副模样章宇没有亲眼见到，而是在葬礼上听到老人们边咂嘴边说的。他们说，那家三代单传的儿子从小当心肝宝贝养大，又卖地又卖牛地送到首尔去读大学，结果非要弹吉他、做音乐，跟当乞丐没什么两样，才把父亲气得死不瞑目。他们没说错。父亲把自己的幸福寄托在章宇的身上，但父亲定义的幸福和他不一样，这导致了父子矛盾。父亲到最后都想不明白，章宇为什么不能像别人一样大学毕业后找个工作，他也没有努力去说服父亲。过了很久，他才开始问自己，当初为什么没有努一把力。也许当时的他自行判定父亲不懂音乐，自己肯定说服不了父亲。出殡时，他一直想的是，父亲已经不在这个世界上了。死了，不在这里了，那么，在别的什么地方吗？在哪里呢？虽然不知道是哪里，那里应该会有约翰 · 列侬和弗莱迪 · 摩克瑞吧。父亲要是遇见他们，连他们是谁都不知道。

播放 391 284 | 点赞 3 万 | 不喜欢 163

一家经纪公司打来电话，说想跟他签约，是一家叫 Swift Sound 的公司。这家公司虽然规模不大，但章宇听过这个名字，算是有点名气。公司因为旗下两个抒情歌手而闻名，好像还投资了几个近来被看好的弘大地下乐队。章宇有些晕乎乎的，光顾着点头，匆忙约好了时间，就挂断了电话。由美紧紧贴在他身旁偷听他打电话，电话还没挂断，她就说道：

“你爸应该看到这样的你再走的。”然后她哽咽了好一会儿，突然严肃地向章宇伸出手:“把你的手机给我。”

由美重新打电话给经纪公司，确认对方是不是诈骗电话，还问了签约后能分几个点之类的事项，才挂断了电话。她非常悲壮地说:

“这一天我等很久了，苦日子总算熬到头了，这个世界终于慧眼识珠了。”

由美吞下眼泪，吻在了章宇的嘴上，章宇用一只手很快解开了她的内衣。

奇怪的是，他在做爱时一直想起和由美第一次的那天。“白炽灯泡”乐队，连名字都没几个人知道，但由美是为数不多的粉丝之一。无名乐队通常在夜店进行非周末演出，观众总是寥寥无几，到场的十来个人每天都有一些变动，其中有一张不变的面孔，那就是由美。观众渐渐剩下五个，后来是两个，然后是一个。只剩下由美的那一天，两人在演出后一起去喝酒。由美喝下第一杯酒后说:

“我特别喜欢弹吉他的男人。”

章宇还没问为什么。由美又说:“你知道为什么吗？”接着自问自答地说，“男人专心弹吉他时候的脸和到达高潮时候的脸完全一样，我看表演时，就像和台上的男人发生了化学反应一样，超级满足。”章宇听她这么说，产生了一种强烈的预感，确信一定可以睡到由美。他后来才知道，那些话是由美那天为了刺激他才故意那么说的。

和那天一样，章宇很满意和由美的做爱。由美和 Swift

Sound 公司打完电话好像更兴奋了。她嘴里说着:“我现在是在和摇滚明星做爱吗?”这让章宇有点惊讶。做完爱，由美看着天花板咧嘴笑，很快又翻过身来，撑起下巴，接着念叨起 Swift Sound 旗下歌手的名字，有章宇知道的，也有他没听说过的。

“亲爱的，电台里面也会放你的歌，你会上电台当嘉宾，该练习一下脱口秀了。你的歌还有可能成为电视剧或广告的背景音乐，那就真的太棒了。你再写一些软绵绵的歌吧，有机会的话可以去上《柳熙烈的写生簿》。”

章宇反问她:

“《柳熙烈的写生簿》?为什么不是《SUPER STAR》?”

由美开玩笑地敲着章宇的肩膀回答道:

“当然要上《柳熙烈的写生簿》,你已经是艺人了，没有必要上选秀节目，应该上《柳熙烈的写生簿》。”

她当了章宇的经纪人。尽管还没签约，她已经拒绝了一家规模较小的夜店的邀约，她说，规模不够大，演出时间不是周末的都不要去。在由美眼里，章宇俨然已经是一名摇滚明星，下一步就该去《柳熙烈的写生簿》或在国际摇滚音乐节上担任主唱。章宇其实很喜欢当年见到由美的那种非周末场的演出。演出时台下有密密麻麻的观众自然很好，能看见观众三三两两地站在各自喜欢的位置也别有一番魅力。章宇喜欢在舞台上一览无遗，不仅可以看见自己弹唱的音乐以更高的密度靠近观众，也能看见观众听音乐时，头、肩膀到手指头的每一个小动作都在感受节拍的模样。由美是最后一名观众的那天，他在演出中一直看着她用脚踝打节拍的样子。章宇看着由美伸到被子外面的脚踝，突然觉得很陌生。

播放 501 043 | 点赞 4.8 万 | 不喜欢 316

他在弘大一家咖啡厅内与 Swift Sound 的老板见了面。老板的脸非常特别，让人过目不忘，章宇在弘大附近走动时看过好几次。老板体形魁梧，留着一头半长的头发，用皮筋紧紧地绑成一团。相较于身材，他头上的那撮儿毛显得尤其小，章宇忍不住“扑哧”笑了出来。也不知道是因为胖，还是因为钱很多，他的名字最后一个字是“铢”字，人人都管他叫“老铢”。据传闻，好几年前，也就是音乐人刚开始聚集于弘大一带的时候，老铢曾在一个重金属乐队里担任鼓手。章宇先认出了老铢，朝他鞠了个躬。老铢夸张地说：“大红人，失敬失敬。”

他像是原本就和章宇很熟似的，拍了一下章宇的肩膀，说道：“距离你出第一张专辑已经过好久了吧，我很喜欢里面的第三首歌。”

老铢又问他之前在做什么，还说早知道他会在网上出名，甚至大声地唱起了他的歌：

“冰箱冰箱冰箱冰箱冰箱，冰香槟的冰箱，哈哈哈。”

老铢对《冰箱歌》赞不绝口，然后喝光了一杯冰咖啡，才把声调降低了一度，开始谈签约条件。老铢只有一个要求，他已经准备好录音室，让章宇明天就入棚，把《冰箱歌》录制成数码单曲。老铢说，要趁《冰箱歌》热度退掉之前，尽量创造出最大的收益，用这笔钱制作第二张专辑，然后再出第一张专辑的翻录版本。

章宇没有欣然同意老铢的提议。他觉得《冰箱歌》只是做着玩的，这种旋律俯拾皆是，谁都做得出来，和弦也是从晨间电台播放的外国歌中摘出来的，只不过配上了搞笑的歌词和原生态的视频，才会出名。而且，章宇听音乐是以一张专辑为单位的，在他看来，一张专辑从第一首歌到最后一首歌都能有机地联系起来才算得上是有生命力的作品。章宇的背包里甚至还有一台 CD 播放器，当然他更经常用手机听歌。不过，就算是用手机听歌，他也一定会下载完整的专辑来听。这是对音乐人的尊重。数码单曲太奇怪了，就像从书中撕下想要的章节。章宇停了一会儿回答：

“这个，我办不到。我接受不了单出一首歌让人家听。”他挠了挠头，又加了一句，“《冰箱歌》也不是一首可以收录进专辑里的歌，不过是为了博大家一笑。”

老铢似乎有些意外，面露难色地说：“瞧你说的，《冰箱歌》哪里不好？我觉得挺好的，感情很丰富。”他犹豫了一下，像下了很大决心似的放低了姿态，郑重地说，“如果你非要出 CD 专辑，我给你出，不发行太多张就行。”

老铢说，出个一百张应该没什么问题，但这张 CD 里一定要收录《冰箱歌》。他还说，最近哪有人听歌的时候听整张专辑啊。老铢说，这年头，不管流行什么都是一眨眼的事，《冰箱歌》现在这么火，但转眼就会被忘记，趁着被遗忘之前，赶紧赚一笔，才是关键。

“五十万播放量有什么用，要把这个变成五千元、五万元钱才行！”老铢说完，把杯子里剩的冰块一口气倒进嘴里，“你啊，好好想一想。这首歌的人气也就能维持这么弹指一瞬间而已，很短的，而且就这么一首。你想啊，这世界上诱惑那么多，这首歌能在三分钟之内抓住人们的耳朵和心，还不够吗？已经很好了。”

章宇压低了视线，扭捏地说：

“我的意思是……《冰箱歌》就是用来发到视频网站的。有人喜欢就够了。还有……刚才一直在跟您说，我认为真正的音乐是正规专辑（full-length）。您玩过乐队，应该知道的，曲子和曲子之间要有起承转合，还要有故事性，对吧？”在这重要关头，章宇抬头看了一眼老板，继续说，“我觉得只出一首单曲，就像去看音乐剧时在中场休息时间才进场的感觉，也没有人愿意读小说只撕下第二章就拿走吧。”

老铢叹了口气，说自己活到现在第一次见到有人这么不开窍。章宇说自己还要再考虑一下，然后离开了咖啡厅。

由美看到空手而归的章宇，表示无法理解。她不明白公司又要跟他签约，又要给他出专辑，章宇到底为什么要拒绝。章宇嘟囔着：

“这个，他让我用《冰箱歌》出数码单曲……”

由美无力地笑笑，盯着章宇：

“他让你放弃音乐了吗？是让你放弃音乐去上班吗？不是啊，你可以做你喜欢的音乐，还可以出专辑啊。”由美的嗓门越来越高。

章宇怯怯地回答：

“《冰箱歌》只是写着玩的，不是我追求的音乐啊。我想要做真正像样的音乐。我的梦想是出正规的第二张专辑。”

他话还没说完，背上就挨了由美重重的一拳。她大吼着，让他马上给老铢打电话，再约一次见面。

播放 1 002 638 | 点赞 11 万 | 不喜欢 491

章宇再次见到了老铢。老铢腰杆挺得笔直，两手工整地十指交握，放在咖啡厅的桌子上。几天没见，他的头发就好像已经长长了似的，被一丝不苟地扎起来，没有掉下一根发丝。老铢似乎下定了决心：

“我给你出第二张专辑，这有什么难的，出就是了。”他抢先提议要给章宇出正规专辑。

章宇用一只手挠了挠后脑勺，微微地笑了。

老铢敲着膝盖继续说：“但是，要现在就出。”接着，他问章宇是否已经写好了要收录进专辑的歌。

章宇有点不好意思地回答：

“这个嘛……还没，我写歌比较慢，现在大概有三四首。”

老铢的眼睛亮了：

“是吗？那就是说，再写三四首就可以了吧。你能马上写出来吗？就像《冰箱歌》这样的，有一两首这样的歌，剩下的可以当陪衬。你大概要多久？”

章宇被“陪衬”这个词刺伤了：

“没办法马上写出来。”

老铢催命似的问：

“那要多久，一两个月够吗？”

章宇面露难色：

“啊？一两个月吗？您说的这是什么话……至少要一年多吧。”

老铢慢慢地把背靠到椅子上，掏出一包烟，叼在嘴里，点了火，吐了一口烟，接着全部喷了出来，像是彻底死了心似的：

“看来这位朋友相当不了解这个世界啊，你知道和我一起工作的人都有谁吗？”

章宇当然不知道，所以默不作声。老铢说，有音乐节策划人、电台制作人、知名的音乐网站公司老板等等，然后说出了他们的名字。大部分名字章宇都是头一回听说。接着，老铢又说，章宇要是能到自己麾下，拼命工作完全有可能成功。章宇听完这话，心情很不好：

“我不想拼命工作，也不想要成功。”

老铢不再看章宇，大笑着说："你性格这么烂，做的音乐一定很好。真是太可惜了。"说着把烟在烟灰缸上来回搓了几下摁灭了。

回家的路怎么那么长。一想到由美的反应，章宇的头已经开始痛了。章宇走过弘大入口和上水，继续朝着望远的方向走，这条路好像没有尽头。正是大夏天的中午，骄阳当头，他的后背已经全湿了。真的好远，我以前就住在弘大附近的，章宇想。听说，玩音乐的人原本要把弘大打造成年轻人的天下，结果弘大的房价水涨船高。后来，那些成就了弘大盛况的音乐人，除了几个成功的，大多数人承受不了高涨的房价，被迫搬到了上水地区。然而，自从上水开通了地铁站之后，连上水的房价都涨了，章宇和他的朋友们又去了望远，又去了城山，被越推越远。

章宇一进家门，跃入眼帘的是冰箱前由美瘦小的背影，她站在敞开门的冰箱前，从冰箱里拿出食物，又在闻味道。

"这个好像已经馊了，都怪这台烂冰箱，一点都不冰。"

由美自言自语着，还不知道章宇已经回来了。这时，章宇开口说决定不签约了，她听后用力关上了冰箱门：

"你到底为什么活成这副样子？"她的眼皮颤抖起来，"呵呵，我还以为，你至少有点脑子，会想要成功。"

她说完，闭上了眼睛，做了两次深呼吸，又再次盯着章宇，开口说道："拜托，你能不能活得有效率一点，至少混个中不溜儿也好啊。"她拿起电费单，神经质地挥舞着，"你好歹做点什么吧，电费都欠了两个月了。”

由美狠狠地踹了一脚冰箱，发出低沉嗡嗡声的冰箱突然不吱声了，短暂的寂静后，冰箱再次发出巨大而高亢的嗡嗡声。由美捏着电费单，号啕大哭着扑进了床里。章宇不敢靠近她，在地板上摊开毯子躺了下来。由美的抽泣声和冰箱的震动声通过地板细微地传进他的耳里。

播放 1 013 574 | 点赞 11 万 | 不喜欢 651

播放量已经连着好几天没怎么涨了。那天，章宇教完吉他课，正往家走。当他走过一条常走的小巷时，总感觉有人在看着自己。章宇转头朝眼神的方向望，果然看到了两个黑色的眼珠——那是一只在宠物医院展示窗里面的小狗。它浑身长着雪白的卷毛，脸上的毛被修剪成圆形，看起来就像个圆形的棉花糖。章宇走过去，狗把前脚撑在玻璃上，站了起来，肚脐往外凸。它像是见到久别重逢的主人一般盯着章宇看，欢快地摇着尾巴。

章宇心想，它认识我吗，为什么见到我这么开心？动物不会说话，不知道它在想什么，但他有种没来由的确信——它想要我，要不然不会有那种眼神，那是一种不附带任何条件，只因是你就满心欢喜的眼神。章宇不由自主地走进了宠物医院。狗比他想的贵。店家说这个犬种在法国都很珍贵，现在是打了特别折扣待售。正好，章宇裤子后面的口袋里装着刚收到的两个月的课时费。

电费只是欠费，再拖拖也可以吧，反正只要在断电之前交上，没什么关系吧？由美说过，这个月底她打工的咖啡店就会补齐之前拖欠的工资，到那时再交也没什么不可以吧？章宇拿出放在后袋里的钱直接交了出去，买了狗。没有办法，他觉得一切都那么理所当然。回家的路上，章宇怀中抱着的狗一直看着他，不停地舔着他的胸脯，它的嘴角好看得不像话。章宇给狗取名叫“波利”。

由美不再哭了。她轮番打量着背着吉他像长了犄角的章宇和他怀里的小白狗，腿上的力气像被抽走了似的瘫坐在床上：“你脑子有病。”接着，她左右摇晃着脑袋，用不安的视线环视了一圈房间地板，说道：

“这世界上怎么会有人拖欠着电费，然后拿全部薪水买回一只狗崽子？你为什么专挑没用的事情做呢？有病吧，我受够了。”

由美突然站起来，走到衣橱旁边，抓住衣橱用力地摇晃起来。放在衣橱顶的行李箱“哐”的一声掉在地上，这是她刚搬到章宇家时带过来的行李箱。由美随手抓起衣服和生活用品，全部塞进行李箱里，紧紧地拉上了拉链。然后，由美看了一眼章宇和冰箱，转身踹开大门走了出去。章宇环视着由美走后的家，突然有些害怕。章宇紧紧地抱住了波利，手指深深地陷进波利蓬松的毛发之间，温暖又柔软。

章宇后来才知道，波利是一种叫作比熊的犬种，在法国贵族间很流行。它的社交性很好，很爱追随主人，所以身价很高。这种狗还需要花费高额的美容费，经常修剪，才能让它的毛发维持独特的圆形。乐队的朋友都嘲笑章宇：“狗是贵族有什么用，主人是弘大的最贫阶层。”“求求你把自己的头发先理了吧。”

章宇留着一头乱蓬蓬的头发，干瘦的体形，背着一个几近拖地的吉他包，却带着打理得十分精致的波利到处晃荡，那副模样任谁看了都觉得怪怪的。甚至有传闻说，章宇本人只吃泡面，却给波利买有机的狗零食。人们窃窃私语，都说由美在的时候，章宇好歹还有个人样，由美走后，他就完全疯掉了。

章宇开始写新歌，打算收录到那张不知何时能出的第二张专辑里，曲子写好后他会弹给波利听。波利每次听到章宇的吉他伴奏，就会开始摇尾巴，在原地打转，有时候还会仰起头，像狼一样嚎叫。每到这时，章宇和波利总会互相看着对方，波利顶着像棉花糖一般圆滚滚的脸看着章宇，伸出小舌头，让章宇感到无比满足。动物虽然不会说话，但眼神中充满了信任，章宇很喜欢这一点，仿佛得到了莫大的宽慰，什么都不用担心。

当波利适应了章宇的家，学会认地儿撒尿的时候，章宇的银行卡里收到了音乐版权协会汇来的一百八十元。这是第一张专辑的播放费，虽然晚了许多，但那张专辑好歹被播放了

27 149 次，这是相应的版权费。比起 180 这个数字，27 149 这个数字更像样，这是他音乐人生中的巅峰。章宇取出一百八十元现金，装在雪白的信封里，再放进背包的最底层，当作幸运符一般随身带着。章宇想，这笔钱绝不可以乱花。

那天清晨，章宇向来安静的手机突然打进一个陌生号码。他刚开始没想到会是由美打来的，因为由美已经离开太久了。但当章宇接起电话，听到那边只有安静的呼吸声时，一下子就知道是由美。“由美。”他唤了一声。由美答应了一声“嗯”。她的声音比以前少了很多气力。章宇问由美在哪里，由美说自己住在一山（首尔的卫星城市）的姐姐家里。

“原来如此，那就好。”章宇说。

“哪里好？”

由美稍微抬高了声音，然后又重新冷静下来。她在很多方面平和了许多，似乎想要回头。由美的话中不着痕迹地流露出是自己有点过分了的意思。她这种态度在之前可不常见。

章宇无数次地盼望过，要是由美回来就好了，但日子一天天地过去，对由美的感情也不如以往了。章宇还想和由美再见一面，看到她在这个家里睡觉、吃饭的样子，曾经那么理所当然，如今竟然有些无法想象了。可是章宇看着一团团的狗毛在家里到处滚，看着波利把扔出去的球又咬在嘴里叼回来的样子，似乎又更想维持现状。换句话说，尽管由美放低了姿态，想要回头，但章宇直到最后都没有说出要她回来的话。

播放 98 | 点赞 12 | 不喜欢 26

章宇对自己新写的歌很满意，特地找了一天把乐队叫来一起合奏。去合奏室的那天，章宇在家门口穿鞋子时，波利开始呕吐。它之前也偶尔吐过几次，但第一次这样吐个不停，和平常不一样。波利黑溜溜的眼睛失去了神采，毛也失去了光泽，看起来很毛糙。章宇把波利带到上水地铁站附近的宠物医院，然后去了合奏室。可是合奏时他一直想着波利，频频弹错，还走调了好几次，导致练习也中断了。章宇拿出手机，看到有好几通未接来电和一条短信。短信上说波利情况很严重。他难以置信地呆望着那条短信，这时电话又打了进来。

兽医说，波利很久以前就出现了肠套结的症状，责问章宇为什么没有带它来医院。再加上现在波利的免疫系统垮了，红细胞无法发挥作用，所以出现了严重的贫血症状。章宇没能完全听懂医生的话：

“呃，那问题在于肠套结还是在于贫血？”

“两个都是。”

医生有些愤怒地回答，接着说现在不能马上带走波利，需要住院治疗。医生说要先让波利住院观察，之后再做手术，做完手术还要住院治疗，手术费和住院费差不多相当于章宇四个月的课时费。

章宇知道，他当场拿不出那笔钱。哪怕掏空他的户头，哪怕让身边所有认识的人去银行申请信用贷款，也凑不出那笔钱。但一想到波利给他带来的东西，章宇觉得不能对它置之不理。波利救了他，他也要救波利。章宇掏出了老铢给的名片。

Swift Sound 坐落在弘大最繁华的地方，一楼大堂里贴着旗下歌手的演唱会海报，奖忠体育馆 R 席八百元，S 席六百元。章宇在心中把八百乘以一百，又把六百乘以三百之后，再把两个数加起来，试图算清总共多少钱。这时，他背后传来熟悉的嗓音：

“哎哟，这不是我们的大艺术家嘛。”

老铢朝章宇走来。

章宇等待的时候牙根咬得太紧，下巴关节都开始痛了。他好不容易开了口：

“那个合同是不是……”他的嘴终于不抖了。

老铢反问：“你说什么？”

章宇继续说：“我想问，现在可不可以重新签合同。”

老铢突然大笑起来，把手搭在章宇的肩膀，拍了两三下：

“最近我们公司在培养的人很多，现在有点难，等我闲下来再给你打电话。”然后又补了一句，“这位朋友很不会把握时机呢。”

章宇一无所获地往家里走，边走边掏出手机打开视频网站，最近的一条留言已经是一个星期之前的了，播放量也停留在一百万左右。章宇一回到家，就翻开五线谱，拿起了吉他。虽然不情愿，但章宇觉得他应该这么做。章宇在五线谱本上写下歌名《冰箱歌之二》，东张西望了半天，看到了阳台上的洗衣机。

“我是波轮洗衣机，大过滚筒洗衣机，吃超多水的洗衣机。”

章宇给自拍视频加上了标题《洗衣机之歌》，上传到了视频网站。

一整天他都在点刷新，确认新上传视频的播放量。播放量始终没有超过一百，也没有人留言。到了第四天，收到了有留言的提醒，章宇赶紧点开了链接。

“哈，怎么那么烂？”

“你说什么？”章宇正打算回复留言时，宠物医院打来了电话。

波利趴在手术台上。没有焦点的瞳孔与章宇的视线交汇，它的眼珠几乎接近浅灰色。

“医生，波利还没死。”章宇说。

兽医回答：“死了。”

章宇反驳：“它眼睛还睁着。”

兽医收拾着波利的尸体说：“大部分人都不知道，动物中只有人在死的时候会闭上眼睛。”然后他用公事公办的口气问，“想要它闭眼的话我可以给它缝上，你要吗？”看来他不是第一次遇上这种事了。

章宇犹豫了一下回答：“好的，缝吧。”

医生毫无感情地说："费用一百八。"

章宇掏出包里装了一百八十元现金的白色信封。兽医熟练地缝上了眼皮，手过之处留下针眼，波利的眼睛合上了，它现在看起来终于安心了。

*

周五晚上的弘大似乎到处都是寻欢作乐的人们。章宇抱着装有波利尸体的盒子走在华丽的大街上，仿佛抱着这个世界的秘密。章宇想把波利埋到郊外，但能埋在哪里呢？他想来想去，只能想到故乡的城山，父亲就埋在那里。要是把波利埋在父亲的身边，父亲一定会非常生气，一想到这里，他又"扑哧"笑了。他想象着波利毫不知情地闭眼睡觉，父亲正瞪大了眼睛咆哮。

父亲是不是还没合上眼呢？由美总说，应该一起去一次埋葬他父亲的地方。但章宇总是拒绝，人都死了，和解又有什么用。但此时，章宇想去一趟那里，还想知道由美过得怎么样。章宇之前听合奏室里其他乐队的贝斯手说，由美进了他们公司的宣传部门。章宇给由美打了个电话，街上的音乐声太吵，悠长的嘟嘟声都听不太清楚。直到最后，由美都没有接电话。

章宇打开冰箱门，把头朝向冰箱躺下来。不愧是台冰箱，空气一下子冷飕飕的。什么都不做地躺着，过了一会儿还是挺凉爽的。即使不是那么给力，但好歹是台冰箱啊，这就够了，他想。冰箱的震动透过章宇的后脑勺和后背传来。低低的嗡嗡声与他的心跳相遇，形成了有规律的节奏。章宇觉得自己回到了该去的地方，感受到心灵的平静。他抬头望着冰箱的门框，上面贴着个扇形的能效等级贴纸，他们家的冰箱是四级，偏低。

帮手

我踮起脚，伸长手臂，用食指摸了摸书橱顶端——一点灰尘都没有。我又摸了摸抽屉柜的把手，也很干净——不够讲究的人是不会顾到这里的。我走出书房，看到衣帽间的门还关着，又走进了卫生间，浴缸和洗手池的水龙头闪闪发亮，像新的一样。我弯下腰用手摸了一把浴缸池底，又用力地搓了几下，浴缸表面发出“嘎吱嘎吱”的声音。啊，这次我真的是很满意，一个多月来的烦恼顿时烟消云散。这时，我听到衣帽间房门打开的声音，赶紧走出卫生间，站到门口，假装在看手机。阿姨换好衣服走出来，问我：

“怎么样？以后还要我做吗？”

她低头看了看外套的下摆，边扣纽扣边心不在焉地说。不过谁都可以感受到话中隐隐流露出的自信，是那种做事很完美的人才有的自信。

*

动了要请个钟点工的念头，是在搬来这里之后。这是我们夫妻搬进的第四个家，也是我们结婚七年来第一次住上自己名下的房子。老公在炼油公司上班，我在百货店上班。我们踏踏实实地工作，没有错过任何一次升职的机会，比别人更快地晋升到了经理级别，每年都能领到高额的奖金。终于，我们在城市外围的新区买下了这套九十平方米的公寓楼。交房刚五年，还算干净，不过我们按照喜好又重新装修了一遍。之前的房子是租的，再怎么改也没法完全称心如意，顶多在阳台铺一层组合木地板，或是给厨房料理台的台面贴层贴纸。有时候，就连这样的改造房东也不允许。

这次不一样了，虽然还欠着房贷，但我们是房东，想怎么改就怎么改。我首先签了一家装修设计公司，接着和专家一起实地测量了房间尺寸，画出三维立体图。每天下班后，我和老公看着设计图，讨论墙纸的颜色、大厅木地板的材料等等，一遍遍地模拟实际效果。我坚持要把地板铺成人字形，尽管设计师不推荐小户型铺人字形，但我的态度很坚决，于是设计师建议墙面和踢脚线的颜色都用白色，可以让房子看起来大一些，家具也得用象牙白和灰色，确保整个空间统一协调。家里连选一块瓷砖的形状、颜色、大小和质感都是我说了算。我在百货店的生活用品采购部上班，眼光锤炼得相当了得，知道什么才是“货真价实”。新家里没有一样东西是将就的。为了决定卧室用什么样的灯，我花了好几天在外国网站上挑选，最后装上了我一见钟情的那一款。

刚搬过来的那段时间，我总是睡不踏实。家是自己的，家里所有东西都是我挑的，但我总觉得住在这样的家里是那么不真实。一闭上眼就无缘由地不安，心跳加速，哪怕睡着了也会很快醒来。每次醒来，我会悄悄地爬起来，关紧卧室的门，来到客厅，然后就像第一次来到这个家的客人一样环顾整个家，拉一拉作为点缀的哑光金色门把手，在线条明快的厨房料理台边转一转水龙头，开一开从三层灯罩里隐约透出光线的 LOUIS POULSEN 吊灯。只有把我费心费力挑选出来的东西一一摸个遍，我才能睡个好觉。

和之前住的房子相比，新家并没有更大或更宽敞，但我总觉得打扫起来更辛苦了。其实也就大了不到十平方米，但厨房也好，卧室也好，就连客厅好像都比之前的房子稍微宽敞了一些，这也意味着有更多地方需要劳神费心。也可能是因为家里所有东西都是新的，让我更加敏感，想要始终保持整洁。有一天我加班后回到家，老公还在加班，我在等老公时发现，之前挑了半天才选好的浴室瓷砖的砖缝都黑了，我动了心思，要是请个钟点工就好了。但真要让我请个钟点工，我又有点不情愿。这是我吃喝拉撒的地盘，我想要自己收拾，更何况，让我去使唤别人总有那么点不舒服。

后来，我跟一个要好的同事聊过之后改变了想法。我这才知道，跟我差不多级别的同事中，很多人都请了钟点工。用过的人一致向我推荐，他们说，双职工家庭要保持家里整洁并不容易，只要用过一次钟点工，就会后悔用晚了。看过专业帮手拾掇过的家，绝对不会心疼钱。他们口中的“专业帮手”打动了我。一想到是接受专业人士的帮忙，我的心里油然生出谦卑感。那天，我存下了一家家政服务公司的电话号码。

“我们请个钟点工，怎么样？”

我决定后，问老公的意见。没想到他一口答应，说“行啊”。他知道我爱讲究，比起老是被我差遣着做这做那，有时甚至让他重做，倒不如花钱买个轻松。约好钟点工的那天，他正要把碗放入洗碗机时，停下来问我：

“明天保姆要来对吧？”

“嗯。”

我回答，暗自觉得“保姆”这个称呼不太好。

“要不然碗别放洗碗机了，就放水槽里，看她第一次来会怎么做？”老公说。

“你确定要这么做吗？”看到老公还是盯着我，我叹了口气继续说，“别了吧，明天是试工，又不是要测试新的洗碗机。”

“我说得有点过分了吗？”他有些扫兴。

“还有你别叫人家保姆，还是叫钟点工的好，人家是来帮忙的。”我说。

老公有些尴尬，没再计较，把碗放进洗碗机，按下了按钮。

这次来的阿姨是我通过家政公司找来的第四个钟点工。之前三个钟点工来我们家打扫过一次，我就让她们走了。一般是先试一次工，满意了再固定下来。之前的我都不满意，所以一直换。阿姨们进家门后会先换衣服，换上的衣服都差不多，宽松的裤子和领口松垮的T恤，像是集体定做的一样。阿姨们换好衣服后走出来，会先问工具在哪里，再问好有什么需要特别注意的地方，接着在四小时之内把整个房子打扫一遍。

接受钟点工的服务比我想象得难。我把自己关进书房，眼睛看着笔记本电脑，心却不在这里，思绪杂乱。一个上了年纪的人，还是头一回见面，竟然在我家里流着汗打扫卫生，让我相当难以接受。比起担心她们有没有认真干活，我更担心她们打扫得干不干净，会不会弄坏或弄脏我精心布置的装修，搞得我在书房里坐立不安。阿姨们做完卫生换回外出服的时候，我会把手伸到衣橱下，或是摸摸抽屉柜的把手，总有那么一点失望，达不到我的标准。每周来一个新阿姨，害我请了三次假，我陷入了自责，到底为什么要花钱买罪受呢？

我对第四个阿姨的第一印象不太好。我说我们家有洗碗机，不用洗碗，她马上轻拍了一下我的手臂：

“小媳妇呀，这碗就得用手洗，机器比不了的。”

我有些不知所措，用另一边的手摸着被拍的地方，回答道：

“啊……那您看着做吧。”

接着，我带她去了洗衣室，“毛巾和棉制品放一般洗衣液和柔顺剂，用洗衣机标准程序洗，其他衣服放羊毛洗液，转到羊毛程序。对了，放羊毛洗液的时候不要放柔顺剂。”

她快步走到洗衣机旁，用大拇指和食指捏起脏衣篮里的衣服，边翻动边说：

“你不知道吗，现在都用儿童衣物的程序洗。”

见我一脸惊讶，她指着洗衣机上“儿童衣物”的按钮继续说：“这都不知道？现在的洗衣机都有这个程序，用这个洗不伤衣服。”

她的话里透着一股不客气和自以为是，让我有些不耐烦。我用更坚决的口气说：

“在我们家，请照我说的做。”

她做卫生的时候，我一直在书房里工作，她最后进来打扫书房时，我移到了卧室。床上的被子拉得平平整整，一点皱褶都没有，枕头和靠垫也摆得很工整，像酒店房间刚入住时摆放好的新寝具。我蜷着身子往上一躺，马上就睡着了，直到阿姨在门外大声说“都做好了”，我才醒了过来。她换衣服的时候，我摸了摸书橱上面、抽屉柜把手和浴缸底部，心情才好起来，第一次产生了要把我们家交给这个阿姨的念头。她换好衣服，走到门口时说：

“好好看看，地板都是我趴在地上用手擦的。”她的声音里充满了自信。

我低头看了一眼地板，果然和之前的阿姨来的时候有点不一样，柚木材质的人字形地板光滑闪亮。

“谢谢您。”

“现在没什么人用手擦地板了，你知道的吧？用手擦地板的钟点工只有我了。我这个人啊，哪怕累一点，也要用手擦的，这样心里才快活，我很讲究的。”

“原来如此，谢谢您。”

我把现金放进信封里递给她。

“怎么样，以后还要我做吗？”

她接过信封，看着自己外套的下摆，一边扣纽扣一边说。我稍稍犹豫了一下，对她说：

“您可以两个星期来一次吗？”

“两个星期来一次？”她一脸不情愿。

我有点慌了，好不容易找着个满意的阿姨，可不能错过。我用近乎哀求的语气说：

“是是，可以吗？我们家不大，而且我们俩都上班，白天家里没人，也没孩子，不会弄得太脏，您两个星期来一次刚好。”

阿姨考虑了一会儿，回答说：“好吧，反正周五我没别的活儿。”然后她第一次认真地看着我，问道，“对了，你俩怎么没要孩子啊？”

没想到她会这么问。不过这个问题常被问起，我不动声色地说：

“我们刚结婚没多久。”

“原来是新婚啊，什么时候结的婚？”

“去年。”我就像平常一样随便应了她一句。

“哦，那还早。”

阿姨把我给她的信封塞进包里，穿上了鞋子。她穿了一双人造皮的鞋子，既不是皮鞋也不是运动鞋，鞋后跟都快磨平了。我为她打开大门，点头道别：“下下周见。”这时，正要走到走廊的阿姨突然又回头问我：

“对了，你上哪个教会啊？”

“什么？”我吓了一跳，“我不去教会。”

“我看你书橱里有《圣经》，还以为你信教呢。”

她又是怎么看到那个的？大概在书橱最下面一格的最边上。书是我的没错，但恐怕有十几年没打开看过了。我惊讶得不知道该说什么，她已经推开大门出去了：

“那下下周的周五再见。”

虽然她让我有点不爽，但我决定不去在意那些细节。我再也不想重新找阿姨了，每次坐立不安地等上四个小时，然后一看又各种不满意。这个阿姨的确专业，人家卫生做得够好，其他的就算了吧，我对自己说。

我走到书橱旁边，拿出了久违的《圣经》。书太旧了，封面几乎脱落，上面用歪歪扭扭的字写着我的教名“尹诗唯雅”。我去的是我们老家那一带最大的天主堂，从我爸妈家只要坐两站公交车就能到。我从小就在那里做弥撒，接受了洗礼，还参加过圣诗班，上了高中之后以读书为借口，没再上天主堂，之后就再也没有去过了，现在我一般不和别人说我信天主教。不过，扔掉《圣经》又有点过意不去，所以一直放着，搬家的时候也带着。我翻开夹着书签的那一页，是《路加福音》第16章第19节：

“有一个财主，穿着紫袍和细麻布衣服，天天奢华宴乐。又有一个讨饭的，名叫拉撒路，浑身生疮，被人放在财主家门口，要靠财主桌子上掉下来的零碎充饥，并且狗也来舔他的疮。”

读到这里，我合上了《圣经》。我想象着有一个乞丐，一头脏兮兮的头发，穿着破破烂烂的衣服，在大宅子的围墙前面，翻找着垃圾桶里吃剩的食物，一只臭烘烘的流浪狗，舔着乞丐从烂鞋子里露出来的脏脚。这幅场景我边想边觉得恶心。仔细看的话，《圣经》里有很多类似刺激性的场面或描写。我在主日学校时，最讨厌参加每年一次的“拜苦路”活动。我们给“耶稣”戴上荆棘皇冠，嘲弄他，看着他走上山坡，摔倒流血，接着脱掉他的衣服，在他的手掌上钉钉子，一个多小时的时间，我们不仅要一直盯着看，还要细细品味。这对小小年纪的我来说太恐怖也太残忍，实在难以承受。十岁那年有一回弥撒结束后，我们回到教理教室，看到教室正中央放着一大袋膨化米果。教理老师分给我们许多木头筷子和一次性勺子，然后让孩子们用橡皮筋把木头筷子固定在一起，做成一根长长的棍子，再在其中一头绑上勺子。我们照他说的，做成长长的勺子后，老师让我们用那些长勺子去吃膨化米果。绑着长棍子的勺子比孩子们的手臂还要长，自然吃不到。没有人成功，膨化米果掉得整间教室满地都是，孩子们吵吵闹闹地笑了起来。教理老师用手掌用力地拍着书桌说：

“好了，各位同学，现在你们互相喂朋友吃。”

孩子们两个一组，给对方喂膨化米果。尽管勺子很长，大家的动作很不自然，但好歹能吃得到。场面很好笑，大家又笑开了。教理老师看着我们，在黑板上画了两幅画，一幅画是天堂，一幅画是地狱。他给我们讲故事说，在天堂里人们互相用长勺子舀食物喂对方，地狱的人们都想要自己吃，结果什么都吃不到，饿得只剩一副骨头，下半身还被火烧。我问教理老师：

“为什么他们一定要用勺子吃，不可以用手吃吗？”

老师一时有些惊慌，随即换上冷冷的表情说：

“想怎么吃就能怎么吃吗？地狱里的勺子是用火融化了粘在他们手上的。”

从那以后，我每次吃饭时总会确认勺子有没有粘在手上，搞得我常常消化不良。我又拿起了《圣经》，随便翻开一章，这次是《路加福音》第 6 章第 20 节。

“耶稣举目看着门徒说，你们贫穷的人有福了，因为神的国是你们的。你们饥饿的人有福了．因为你们将要饱足。”

没错，里面就是这些内容。我决定把《圣经》捐给附近的天主教会或是图书馆。

*

阿姨第二次来的那天，一打开我们家的门就皱紧了眉头：

“哦哟，我上次就发现了，你们家新家的味道太重了。”

“是吗？可能我一直在这里没感觉到。”

“是的啊，一股化学味道，你这装修新弄的吧。”

谁都看得出来我们家是新装修的，她管得真宽啊。我还是应了她一句：“是呀，我们新装修住进来的。”

“好看是好看，但有个‘新居综合征’你知道吧，对你身体不好，你要备孕，要特别注意。”

她打开了所有窗户，已经是深秋，空气中有点寒意，我手臂上起了鸡皮疙瘩。我进了书房关上门，打开笔记本电脑，回复完公司邮件后，在网上搜索起“消除新家味道的方法”。这时，阿姨“哐当”一下子推开书房的门，走了进来，穿着她换好的工作服，上身是一件泛黄的 T 恤，裤子到处都是污渍，膝盖还破了个洞。

“你有没有跟家政公司说我要长期在你们家做？”她问。

接受长期服务的话，不用每次付手续费给家政公司，但我得交五百元钱的会员费。同事介绍家政公司给我时说过，我给忘了，现在才想起来。我发觉会员费比我想的贵。于是我问她，我有没有告诉家政公司，对她会有影响吗。

“你说不说都一样，反正我拿到的钱是一样多的。”她说。

“那我就不说了。我反正有你的电话，我们互相联系，定好时间就行，可以吧？”

“行，就这样吧。”她一副无所谓的样子，说完出去了。

之后，她总是不敲门就进书房。她刚来的第一天我就觉得她话很多，但这才发现，她比我想的还要话痨。不管我在书房还是卧室，她总是动不动“哐当”一下推开门，直接走进来，问都不问就开始跟我搭话：

“我啊，有三个儿子。”

那又怎样？这句话我真的不知道该怎么接。我每次都用同一句话回答她，其实除了这句话我也没有别的话可说：

“这样啊。”

不知道为什么她反而更兴奋地说开了：

“我家老大结婚了，都给我生孙子了，老二刚找到工作，老三去当兵了，其实我开始干这个也没多久。我三个孩子都成年了，时间就多出来了，现在做这个，就当活动活动身子，运动运动。我这个人啊，比较爱干净，这种活儿也挺适合我的。”她立马又接了一句，“你明年也该生孩子了。”

我装作看手机，站了起来：

“我有点急事，要出去一趟。”

我躲到家附近的咖啡厅，点了一杯撒满肉桂粉的热卡布奇诺，喝下一口，才喘了口气。我打算等下次阿姨来的时候，给她开好门就来咖啡厅，应该会好受一点。我安慰自己，她说那话应该没有恶意，那个年纪的人会这么想是理所当然的。

我们夫妻决定不要孩子。对我来说，孩子就像一架三角钢琴。三角钢琴会发出我从没听过的声音，高贵优雅，也许我一听就会被它的独特魅力吸引，甚至深陷其中不可自拔，可能还会同情之前的自己，觉得没听过这个声音的我是多么可怜。当然，这样的声音也许会让我觉得一切都是值得的。但作为一个有责任感的大人、一个理智的人，在拥有一台巨大的三角钢琴之前，会先想清楚家里有没有足够的空间，放不放得下。我知道，哪怕空间不够，挤一挤也能凑合。当然，活下去是没问题，只要不把家当作家，当作是一个专门用来放钢琴的地方就行。三角钢琴会占据客厅的大部分空间，放了它就别想放下布艺沙发、沙发凳、原木柜子和龟背竹盆栽。想要从客厅走去厨房，不能直接从中间走过去，要踮起脚尖，从钢琴和墙壁间勉强挤过去，或是从钢琴下面爬过去。我和老公不想过这样的生活。迄今为止，我们从来没有觉得生活水平已经不错了或是很富裕。我们都到了三十五岁左右的年纪，才刚开始享受生活，接下去也想要继续过安稳的日子。我和老公并不想在九十平方米的房子里放一架三角钢琴，这无疑是我们最合理的选择。

结婚前我们一直在看房，当时手头的钱还不够付租房的押金，所以每个周末都在一间间破房子之间兜兜转转。双方的家庭都帮不上忙，我们刚出社会三四年，攒的那一点钱又要找房子又要办婚礼。我们主要看的都是一室一厅小户型的单元楼[1]。一走进这种房子的走廊，我就感到憋屈，走廊原本就窄，家家户户的门口还放着好几辆婴儿车、三轮脚踏车，以及各种各样家里放不下的东西。我、老公和房产中介只能排成一列往前走，像探险队一样。每次按响门铃，给我们开门的女主人都一个样，脸色暗黄粗糙，头发随便扎起来，一脸的了无生气。女主人们总是带着这副表情，向来看房子的我们道歉:“对不起，家里有点乱。”房间太小，衬得墙上的婚纱照大得过头，看看婚纱照里的女人，再看看我们身旁的女主人，简直难以相信是同一个人，两者没有丝毫相像之处可言。婚纱照旁边还挂着一张浅色的海报，上面写着“书俊百日宴”。而那个叫“书俊”的小孩正坐在一堆花花绿绿的玩具堆里，边玩边盯着我们看，那些颜色鲜艳的玩具散落在客厅兼餐厅的空间里的各个角落。我、老公和房产中介一边

① 韩国住房类型，区别于小区里的公寓楼，一层楼有多户小户型房型。——译者注

看房，一边还要小心翼翼地避开脚下的玩具，以免踩到。我真心希望，她能卖掉这个房子，能搬去一个大一些、舒适一些的房子。

我估摸着阿姨来了差不多有四个小时了，从咖啡厅回到家。我一打开家门，就看到我和老公的鞋摆放得整整齐齐。客厅地板干干净净，一根头发都没有。我走进厨房，阿姨正用干布把洗好的碗一个一个擦干，放进碗柜里。

“回来啦？”她对我说。

“放着吧，剩下的我来。”

“我顺手就给做了呗。”

我手头没现金，于是让阿姨告诉我她的银行账号。她在一张小纸条上写下了一个账号，我当场打开手机银行给她打钱，但账户名不是她。

“账户名不一样呢。”我说。

“是我儿子的账号，你往那里打钱就行。”

这是她忙了四个小时赚到的钱，没有进她的钱包，而是进了她儿子的户头，这让我有点难过，下回一定不能忘了提前取好现金。

第三次上门的日子，果然，阿姨又皱着眉头登场了：

“还是一股新家的味儿。”

我像犯了错似的解释道：

“嗯，天凉了，也不好一直开着门窗……”

我轻手轻脚地走进书房，把笔记本电脑和要看的书装到包里，今天也打算去咖啡厅。我说了句:“我出去办点事情。”要出家门时，我对她说:

“对了，今天能擦一下窗框吗？”

阿姨端着脏衣篮正要去洗衣室，听到这话脸色暗下来了。她酝酿了一下，露出为难的神色:

“你好像不知道，我们一般不给清理窗框的。”

“什么？”

“本来就是这样的，那个很费工夫的，四个小时之内做不完。”

我和她沉默了一会儿，先开了口:

“那您今天可以不用帮我洗碗和洗衣服。”

“嗯，知道了，好吧。”阿姨嘴里应道，没有抬头看我。

我像上次一样在咖啡厅待了四个小时然后回家。我稍微看了一眼，客厅和卧室阳台的所有窗框都擦得干干净净，衣服和碗也洗好了。我很感激阿姨的辛勤劳动，但转念一想，既然这些事情明明四个小时之内可以完成，她一开始为什么那么不情愿，这么一想我心里有点不高兴了。不过既然阿姨多干了活儿，理应给她相应的补偿，我本来拜托她的时候就是这么想的。我递给她装了钱的信封，说道:

“今天我给您多加了五十元。”

直到这一刻，她才有了笑脸:

“啊呀，多谢。”她双手接过信封，朝我鞠了个躬。

自从那次之后，她每次进我们家门，还没脱鞋就开始问：“怎么样，今天要擦窗框吗？”

语调十分轻快，好似毫不在意，却掩饰不住兴奋。

*

过了一段时间，阿姨上班的时间推迟了。本来九点该来的，逐渐迟到十分钟、二十分钟，从某一天开始，她将近十点才来。她一来，就站在家门口不紧不慢地解开围巾，大言不惭地说：

“哎呀，公交车来得太晚了，我错过一班要等三十分钟。”然后接着说，“怎么样，今天要擦窗框吗？”

我多问了两句才知道，原来从她家过来要坐一个小时的公交车，而且只有一路车，三十分钟一班。想想人家大冷天还要坐一个小时的公交车，也挺不容易的。可是，她之前坐公交车来上班也没迟到啊，只能说，是她变了。公司同事从家政公司那里找的阿姨是自己开车来上班的，所以不经常迟到。要是我们家阿姨也是自己开车的话就好了。同事建议我，找家政公司说一下阿姨迟到的问题，但我也没法找家政公司，只好决定再观察一下。

“老婆，洗好的衣服有点不对劲啊。”

那天晚上，老公从晾衣架上收干毛巾时突然叫我。我摸了一下，毛巾很硬，估计是因为阿姨没放柔顺剂。再一看，洗好的毛衣香得过头，明明我交代她洗毛衣时不要放柔顺剂的。是她搞混了吗？仔细看看又发现，好像不是搞混那么简单，有时毛衣和雪纺衫太粗糙，有时棉T恤上的污渍又没洗干净。我之前交代她用标准程序和羊毛程序分别洗不同的衣服，但阿姨好像有时候用羊毛程序来洗所有衣服。这只是我的猜测，毕竟她干活的时候我都待在咖啡厅。就算不去咖啡厅，我也不可能一直盯着她，当然没办法知道她怎么洗的衣服。老公每次收衣服的时候都说不满意这个阿姨：

“其他地方也大不如前了，相框上面都是灰，这段时间每次都是我看到然后擦掉的，阿姨好久没擦了呢。”

相框上的灰我也发现了，但我没有附和他：

“那还算好啦，毕竟阿姨要做的事情多着呢，可能漏了。”

“何止，总体来说，她越来越应付了。”

“不会的，她不是那种人。”

“不能换别人吗？”

老公还没说完，我就打断了他：

“我找过好几个阿姨我知道的，没有人像她那么认真，她真的很能干了。这件事交给我。”

我想，是我一开始把洗衣服的事情说得太复杂了。人家年纪大了，记忆力肯定不好。可能是我要她记的内容太多了，降低一点复杂度可能会好一点。

“以后你洗衣服都用羊毛程序吧。”阿姨拿着脏衣篮走出房间的时候，我对她说。

阿姨咂了一下舌头，然后说：

“你终于肯听我的了。”

她这么说我很意外。

“早该这样了，我刚开始就让你这样做的嘛。”她又加了一句。

我实在是无法理解，问她：

“你这话什么意思？”

“我来这里的第一天就说了，洗衣服都要用羊毛程序，这样才不伤衣服。”

“你没有这样说过啊。”我声音颤抖着，尽量保持镇定。

阿姨摇着头说：

“哦哟，看你年纪轻轻，怎么这么健忘？”

她拿着要洗的衣服走进洗衣房。我脸颊发烫，只想赶快离开家。我闪进书房，开始整理要带去咖啡厅的东西。她来我们家第一天时，劝我要用“儿童衣物”的程序，我这次让她用的不是那个，而是“羊毛程序”。其实让她用羊毛程序洗所有衣服也不是我的本意，我只是觉得她好像懒得分两次洗，为了给她减少工作量才这么说的。我越想越郁闷，完全不想和她说话了。我没有跟她打招呼就直接离开了家。

过了三个半小时回到家的时候，她已经打扫完，换好衣服了。她来的时候迟到了三十分钟，走的时候倒是卡着点。我默默地把装了钱的信封递给她，她接下后直接放进了包里，然后弯下腰用手指狠狠地摁住一根掉在地上的头发，捡了起来，塞进了自己的外套口袋里。她说：

“小媳妇，不好意思，我们以后换个时间怎么样，十一点可以吗？”

她不是已经自作主张调到十点多了吗？

“您有什么事吗？”我问。

“哎哟，是因为我孙子。”她解释说，她儿子让她上午帮忙看孩子，她的媳妇在家附近打包家常菜的小店找了份零工，时间对不上，最近一段时间需要有人上午帮忙照看一下孩子。

“好的，那就换吧。”

我客气地回答。

阿姨走了之后，我锁上门，回过身来。一眼看过去，刚刚打扫过的客厅干干净净，深绿色的布艺沙发上整整齐齐地放着两个北欧花纹的靠垫，靠在右边扶手上，这让我的心情稍微平复了一些。我在沙发上坐下来，打开茶几上的蜡烛加热器，抚摸着扶手。果然，沙发就该选布艺的，而不是皮的。明年夏天我要换一套浅色的布套。我把头靠在靠垫上，在沙发上躺了下来。我拿出手机打开聊天软件，本来想给老公发信息，但不知不觉地找起了阿姨的资料。我记不清给她存的名字是“钟点工”还是“阿姨”，搜了“Z”，又搜了“A”，然后在“A”那一栏找到了她，点开了她的头像。她的头像是一张家庭合影，照片里她搂着一个出生没多久、爬在宴会桌上的婴儿，好像是家宴，桌子上放着蛋糕、水果和白年糕之类的食物，还有一个兔子人偶，桌子下面贴着“珠恩百日宴”的字，挂着花花绿绿的小花环。阿姨的两边站着的人应该是她的儿子和儿媳妇，儿媳妇手里还抱着另一个孩子。我觉得胃有点不舒服，发了个信息让老公下班路上去药店买点消化药。

*

那天，气象局发布了今年第一次的暴雪预警。本来公司放假，但我有事得去一趟，一家瑞典厨房用品品牌要打进韩国市场，可合同出了点问题，我们得和法务部开个紧急会议。我把装着现金的信封提前放在家门口的架子上，交代阿姨走时一定要关好门，然后就出发了。等我走到地下车库时，才想起来大衣口袋里没有车钥匙，于是又搭电梯回了家。

我在大门密码锁上按下八个数字的密码，打开家门，突然听到家里传来陌生的声音，循环往复着同样的调子，嗓音不自然地颤抖着，是尖细的歌声。我循着发出声音的方向，一步一步慢慢走向厨房。歌声越来越大，阿姨正用假声唱着：

“我愿——接受——主的——帮助——，求——主耶——稣在——那——救赎的日子，接受我——”

她一边用湿抹布擦着厨房料理台，一边唱着歌。她肯定听到我按密码锁进门的声音了，但她并没有停下歌声。我站在客厅和厨房之间，看着她的侧影，过了好一会儿她这才转过头来看我。我们的视线正好对上了，她看着我的眼睛，但嘴里继续唱着：

“主会接受——全部——的我——，接受——”

她唱个不停，从眼睛里先漾出了笑意，然后才停了下来，问我：

“你是不是忘带了什么东西？”

“我好像把车钥匙忘在梳妆台上了。”

“哦。”

她再次抬起头，这回用我几乎听不见的鼻音继续哼唱着旋律。

和一开始的计划不一样，我出发不到两个小时就回家了。雪下得太大，交通都瘫痪了，导致我无法准时到公司。所幸在我堵车的时候，事情得到了解决，会议取消了，大家决定各自回家处理业务。我也重新掉转车头回了家。

当我走进家门，家里安静得令人生疑。明明这个时候阿姨应该还在的，但她不在。难道……我又看了一眼大门口，架上的信封不见了，看来她已经下班了。我看了下钟，离我出家门刚过了两小时五十分钟。太过分了。我今天甚至在信封里多放了五十元钱。我看了一眼客厅阳台的窗框，擦得非常干净。然后我打开隔窗，走到卧室的阳台。阳台的角落里有一团灰，我虽然生气，但还是随手擦掉了灰尘。接着，我去储藏间拿抹布时，看到了挂在储藏间里的吸尘器，透明的塑料筒里装满了灰扑扑的灰尘。阿姨之前用完吸尘器，会把里面的灰尘全部清空的啊。原本，她会清空全部房间里的垃圾桶，倒进专用垃圾袋，然后再扔到小区指定的垃圾处理站，还给空垃圾桶套上新的垃圾袋。我跑到厨房，打开了料理台旁边的垃圾桶。垃圾还在里面，甚至快要满出来了。垃圾最上面是一个速溶咖啡的空袋子，和一个印着便利店标志的面包袋——这些东西我从来没有买过。

又过了两个星期，我想要最后给她一次机会。当她做完所有事情，转身进入衣帽间时，我趴在客厅地板上，把手尽量地伸进柜子和地板间的空隙一摸，手上都是黑乎乎的灰尘。我开始怀疑，她真的是用手擦的地板吗？

我打开卫生间的门走进去，浴缸和洗手台的水龙头擦得像镜子一样，但好像哪里怪怪的。我仔细看了看洗手台，还有污渍和水垢。我用手指摸了一把浴缸底部，滑腻腻的，浴缸边缘还有黄色的污垢。也就是说，卫生间完全没有打扫，却只有水龙头被擦得发亮，太荒唐了。她明明可以告诉我，这次没有时间所以这个星期来不及打扫卫生间，但她光把水龙头擦得闪闪发亮，让卫生间乍看之下，就像是已经打扫完了一样。我受不了了。我下定决心，要通知她下次别来了，我忍了好几个星期了。

我刚走出卫生间，看到阿姨把外套和围巾挂在手臂上，从衣帽间里走出来。我正要开口，她抢先说话了：

“小媳妇，我下周开始不能来了。”

“您这话是什么意思？”

她说，有户人家让她每周五上门打扫，而不是隔周，所以她没法来我们家了。我本来想叫她别来了，嘴里却说出：“我们家也可以每周来，下周起您每周来吧。”阿姨说，她已经和家政公司说好了，而且上周已经去那家上班了，今天过来还是向那家人求情说要来我们家做最后一次，特地请了一天的假才来的。

“还有些话我本来不想说的。”她坐在大门口的地板上，正在绑鞋带，迟疑了一下说：“如果阿姨的上班时间包括午餐时间，你至少要给人家准备一点吃的，阿姨才会喜欢的。你好像不懂这个。”

然后，她不紧不慢地拿起放在地上的外套和围巾，往身上套，又补了一句：

“对了，家政公司可能会给你打电话，让你交会员费。”

“为什么突然要交？”

“家政公司问我是不是一直在你们家做，我就说是。”她接着说，“我可不会撒谎，我是信主的人。”

她把围巾一直围到鼻子上，拿走了最后一个信封。我看着关上的大门，用左手摸着右手的指尖，手指头上还留着浴缸上的水垢，黏糊糊的。我再次走进卫生间，把水开到最大，开始洗手。水龙头被擦得干干净净，圆圆的表面上映出我的脸，眼睛、鼻子和嘴巴被拉长成奇怪的样子。

第一百零一封简历和第一天上班的路上

喝呢？还是不喝呢？我本来想着，公交车快来了，还是别喝了，赶紧上车的好，可车到底为什么还不来？我又瞟了一眼车站后咖啡厅的玻璃门，上面写着——美式咖啡外带十元。

新买的雪纺衫因为出汗贴在我的背上。今天最高气温三十九摄氏度，前所未有的酷暑天。光是想象着用吸管在装满四方形冰块的的冰美式里吸一大口，都能让我的体感温度降低两摄氏度左右。所以，是喝呢？还是不喝呢？

今天是我第一天去新公司上班。我虽然待过几家公司，但这次尤其紧张，毕竟这是我第一次成为有编制的正式员工。毕业后我在不同公司里做过实习工和合同工，分别工作过六个月、六个月和一年。我应聘了许多公司的正式员工岗位，投过数不清的简历和自我介绍信。每每收到应聘公司回复的邮件，条件反射般出现在我脑子里的想法不是“千万要录用我啊”，而是“难道会录用我吗？”的自嘲。不可思议的是，我终于收到了录用的邮件，而且是传闻中的“补录”——我是备选一号，得到了补录的机会。从时间上来看，其他录用者已经做完入职和业务培训了。但这不重要，我满脑子想的是，要让他们见识见识“二手新员工”的适应能力。我在前一家公司是合同工，同事们听到这个消息都来祝贺我，还为我举办了盛大的欢送会。我在炸鸡店里戴上三角帽子，在冰激凌蛋糕上点燃了蜡烛。欢送会上，有人对我说:“你那么善解人意，去了新公司大家一定都会喜欢你。”我流下了眼泪。

换了新公司，我的工资涨了不少，年薪十六万，算下来每个月税后实际到手的有一万二千元，交房租三千、管理费四百、水电煤六百、网费六十，手机费和分期付款四百，暂时没男朋友但为结婚而存的结婚基金三千三百；还有这次找到工作后约了好久不见的师姐，找她买了一个分红型保险和全额报销型医疗保险，每月付七百；又买了新的雪纺衫、皮鞋、裙子和裤子各一件，花了一千；在超市里买了七七八八的食材和生活用品，花了四百。扣掉这些之后，还剩下两千元。我的目标是，接下来每天连交通费算在内只花六十五元。不过我有点担心的是，公司在首尔的汉南洞，听说公司里没有员工食堂，只能在外面解决午餐。据说汉南洞有很多好看又优雅的餐厅，但基本上都很贵，没有什么便宜的小餐馆可以放开了吃。总之呢，一天的花费控制在六十五元之内就行……

糟了，腋下出汗了。我赶紧抬起左边的手臂，瞄了眼胳肢窝。浅薄荷色的雪纺衫不知道什么时候已经湿了，洇出深绿色的一圈。我抬头看了眼公交车站用来显示车辆信息的提示板，刚才上面明明写着“十分钟后到达”，现在那行字不见了，变成“没有即将到达的公交车”。不行，我不能满身大汗地去上第一天班。我转身小碎步跑进了咖啡厅，不到五步而已。伴随着玻璃门上清脆的铃铛声，空调风“哗”的一下扑面而来。啊，得救了。为了让凉爽的空气更方便地钻进衣服里，我拉起衣领，一边轻轻地来回拉扯一边说：

“给我一杯冰美式。”然后又赶紧加了一句，“对了，要外带。”

“二十五。”老板说。

什么？

我反问他：“多少钱？”

“二十五元。”

“外面不是写着外带只要十元吗……”

“美式咖啡确实是十元。”

“我点的就是美式咖啡啊。”

“您点的是冰美式咖啡，要帮您换成热的吗？”

不是吧，开什么玩笑？我回头看刚才推开的玻璃门上反着的字，又读了一遍“美式咖啡外带十元”。是的，的确没有“冰”这个字，我委屈地质问他：

“大夏天的，当然以为是冰美式啊。哪有人会在这么热的天气喝热美式，还外带？”

咖啡厅老板笑着说：

“您可能不太了解，我本人是在意大利学的咖啡，那里就算是大夏天，也只喝烫的咖啡。他们甚至完全不知道冰美式，他们认为咖啡原本就是热饮。”

本来我只想花十元钱，早知道要二十五元，我压根儿就不会进门。别买了，直接走吧？可玻璃门外的世界看起来热浪滚滚，要是手里没杯冰美式，我实在没勇气走到那大太阳下。我无奈地回答：

“给我冰的吧。”

我用手机查看了一下公交车的信息，还有七分钟到站。坐这班车去公司完全来得及，但今天是第一天上班，我想提前多一点去到公司，早早地坐在办公室里。前三家公司可不是白待的，我很清楚上班的头一个月有多重要，这个月每天都早早地上班，之后就算再怎么晚到，别人会说“这个人本来很早来上班的，今天有点晚呢”；然而，头一个月上班到得晚，之后就算再怎么提前到，别人也只会说：“这个人上班本来挺晚的，今天怎么来那么早呢？”刚好有辆出租车经过，我果断地伸出了手：

“去汉南洞。”

我一上车，就在手机上搜索“意大利冰咖啡”——浏览器上马上跳出“意大利人不喝冰咖啡的理由”“你知道为什么意大利没有冰咖啡吗”等一连串的文章。我就着吸管喝了口冰咖啡，看来这个说法不是凭空捏造的。刚才我还气得半死，觉得是老板跟我耍花样，这会儿喝上了冰爽的咖啡，靠在出租车的椅子上，汗也干了……身子一舒服就心平气和起来，感觉这事儿好像也没什么大不了的。

出租车驶进了南山隧道，车窗一下子黑了，映出了我的脸。我看到用心吹好的刘海被汗水打湿，耷拉在脑门上。我从包里找出卷发筒，把刘海卷了起来。接着，我用力做出咧嘴笑的动作，对着车窗露出尽可能多的前牙。昨天入职体检时，我自费加了洗牙的项目。说来惭愧，这是我第一次洗牙。我的牙齿闪闪发亮，从来没有这么白过，我很满意自己清爽的牙齿。车子行驶在隧道里，我一直看着窗户，发出无声的“咿——咿——”对自己微笑。果然正式员工就是不一样。怎么说呢，入职体检让我觉得真正受到了尊重。尽管有点夸张，但确实有一种我被“聘请”了的感觉，或者说把我当“人才”的感觉。车子驶出隧道，我看见左手边远远地有一栋巨大的玻璃幕墙大楼，白天的玻璃幕墙上倒映着蓝天白云，晚上整片幕墙会被格纹照明所覆盖，闪烁着五彩的光——那就是我们公司所在的大楼。我解开刘海的发卷，放进包里。打车花了四十八元。

大楼门口并排放着入驻本楼的公司名牌。一楼是一家捷豹汽车的门店，二楼是意大利大使馆，三楼是我们公司。不知为什么，我心情特别好。明明只是去那个公司上班，但总觉得汉南洞、捷豹汽车和意大利都跟我靠得更近了。

自动旋转门以稳定的速度不停地旋转。刚露出点门缝，大楼里冷飕飕的风就会往外泄出来一点。我站在门边，感受着这扇巨大的门旋转时，我滚烫的脸颊一会儿变凉，一会儿又变热，循环往复。我终于要跨进这扇门了，这是我上班的公司，我要在这里上很久很久的班。现在，只要跨进去就可以了……可旋转门转得实在太快了，我刚要迈步，中间的格挡怎么已经转到鼻子跟前了，错过了进去的时机。奇怪，我突然害怕起来，同事会不会因为我是补录的看不起我？说我年纪大鄙视我怎么办？除了我以外，大家都关系很好，孤立我怎么办？说我腋下是湿的，让我滚出去怎么办？或者，体检发现了什么不治之症，然后取消我的入职怎么办？

这时，一双长满棕毛的大手伸到了我的面前，手心朝左。我顺着手的方向转身抬头看，看见一双深橄榄色的眼珠，是个大帅哥，他的肩膀和眉毛同时往上挑着对我说：

“Lady first.”

“啊……Thanks。”

好帅，大概是意大利大使馆的员工吧。我突然被护送着踏进了旋转门。在旋转门里转圈的时候，我想象着明年夏天，应该可以拥有第一次的夏日休假[①]了吧。今天彻底没救了，明天开始，我要好好存钱，连今天的份额一起省出来，一个月再多存六百元钱，然后明年夏天，我要去意大利旅行。等我去了意大利，我要看看当地人是不是真的只喝热咖啡。当我终于转进了大楼里，异常凉爽的风一下子吹干了我汗湿的刘海。这和我之前吹过的空调不是一个档次的。我背后已经起了鸡皮疙瘩，雪纺衫重新宽松起来，有种让人愉悦的飘逸。我朝着电梯直直往前走，扯了扯单肩包的肩带，一手拿着冰美式，新买的皮鞋在脚下发出轻快的声响。

① 一般上班第一年没有年假，第二年起夏天可以有带薪年假。——译者注

凌晨的访客

女人用双眼搜寻着情趣酒店。她找的是“情趣酒店”“性爱”“一夜情”“约炮”之类的词，要不然就是“情X趣酒店”或“性/爱”这种打着擦边球的词和句子。女人把鼠标光标移动到“管控”的按钮上，点了一下，跳出了一个弹窗，里面有脏话、刷屏、营利目的、泄露隐私、黄色广告等选项，她在最后一项打钩，点下“发送”。女人每删除一个“性爱”，同时又冒出了几十个“一夜情”“约炮”“情趣酒店”，还有“学生妹陪你过夜”等词语和句子。

女人在门户网站的合作公司上班，最近负责审核留言内容的业务。她要一一筛查违规留言，确认被举报的留言，然后进行屏蔽处理。可网上能留言的地方太多了，只要有输入窗口，就有人如排泄般地灌进去一大堆句子。闪烁的光标如同一个洞，他们想说什么就灌什么，一按下回车键，就变成了一个个字、一个个词、一句句话，在每秒上万人来往的路口恣意翻腾，暴露在人们的视野中。只要发帖人或别人不把它们清走，它们就继续保持着各自的形态，像化石一样牢牢盘踞在服务器的某处，屹立不动，永不消失。女人偏偏得把那些东西硬抠下来，不留痕迹地清理干净。

“百分百学生妹”“超乎想象的性*爱！”“服务包你满意”“直接入户或钟点/房”“最优价格，最优服务”“3小时300元，包夜500元”“不限次数”“全部A级，任君挑选”“童颜巨乳”“为各类男性带来‘性’福”……女人一整天看到的都是这种句子。虽然在所谓的“净化中心”工作，但女人的心灵完全没有被“净化”的感觉，反而觉得更“肮脏”了。

负责管控留言的人数不变，违规留言却日益增加，全靠手动屏蔽效率很低，为此门户网站采取了许多方法来减少恶意留言。比如同一个IP地址，在一定时间内出现十次以上，处以五分钟禁言；记住被列入管控的网站公司，原则上直接将其IP封锁；开发鉴别技术，持续添加被屏蔽的敏感词。但是黄色广告也随之不断进化，或是更换网址，或是在敏感词中加入特殊符号，巧妙地规避管控。程序员竭尽全力开发过滤垃圾信息的算法，垃圾信息制造者竭尽全力地发帖留言，女人竭尽全力地删帖，色情从业者也竭尽全力地提供“服务”。这头也好，那头也罢，所有人都在竭尽全力，所以没有任何改变。

*

女人在商住公寓楼一楼的大堂里徘徊着，没有直接搭电梯。她看了一圈堆在保安身边的快递箱子，搜寻上面写着“1204”数字的箱子。女人向来不满保安拿粗油笔在快递箱上用大字标出房号。虽然这样的确方便查找，但自己住的房间号被写得这么大，很容易被别人看见，让她不太舒服。女人把箱子倒过来拿，写着数字的那一面朝下，上了电梯。

女人用两手抱着箱子顶开了大门，依次甩了甩左右两脚，甩掉的皮鞋散落在门口的瓷砖地板上，接着用手肘顶了下灯的开关。她能感觉到，灯亮起来的那一瞬间，在黑暗的房间中无数爬来爬去的蟑螂一下子消失了。商住公寓房的日光灯不会一下子亮起来，要闪个三四次之后才会完全亮。闪第一次时，带斑点的墙纸上像是爬满了蟑螂，闪第二次的时候，地上像撒了芝麻一般有数千只蟑螂满地爬；闪第三次的时候，剩一百只，然后是十只，等到灯全亮起的时候，一只都看不到了。

虽然不是亲眼所见，但直觉告诉她，蟑螂安然地躲藏在洗手台下、鞋柜下、衣橱后。蟑螂像是这个小房间故作不知的谎言，假装不曾存在一样。大门口中间正好有两只蟑螂来不及撤退，正慢慢地挪动着触须。很小的两只蟑螂，和灰尘差不多大。女人放下快递箱，拿出拖鞋，迅速敲在地上，一下子摁死了。指尖传来细微的异物感，让她手臂上的毛孔都竖起来了。女人想到，今天删掉的黄色广告大概就像这两只蟑螂那么小，而且还是这房间里的蟑螂中最弱、最不起眼的两只。

女人搬到双子大厦商住公寓楼还不到一个月。这是一栋快三十年的老房子，共有两栋楼，每栋十五层。站在马路对面可以看到，大楼的顶部用老气横秋的黑体字突兀地写着大楼的名字，A 栋上写着“双子”，B 栋上写着“大厦”。貌似这栋楼最初是为办公而设计的，而非住家，因此她对很多地方并不满意。房间里为了以居住为目的住进来的人们铺设了原木纹的复合地板，但装着长条形日光灯的石膏板吊顶暴露出这间房本不是用于居住，而是办公。躺在床上，看着天花板上遍布的蚯蚓状花纹，完全感受不到家的温馨。女人网购了一台光线柔和的台灯，关掉日光灯，在台灯暖黄色灯光衬托下的石膏天花板，应该会比较不那么碍眼。比起天花板，更难以忍受的是厕所门框。门框太旧了，下半部分浸满了脏兮兮的水垢，而且厕所门像公厕门一样上下空出一截，搞得整间房都像是厕所的延续。

女人是匆忙搬过来的。之前住的地方合同到期后没法续约，一方面是因为房东要求涨价，她觉得负担太重，另一个原因是她想赶紧忘掉那个差点结婚结果又分手的男人，想要换一个环境。那个男人姓金，在一家大企业的总部上班。他年龄很大，大到甚至让人觉得年近三十的女人年纪还小，撇开这一点以外，其他各个方面都不错。家境富裕，人品无可指摘，幽默感刚刚好，外在条件虽不出众，但体格正常，相貌也凑合。女人年纪越大才越发现，尽管“凑合”只能算是平均值，但事实上反而挺稀有的。女人的朋友都很羡慕她和金交往，因为他在各个方面都说得过去，踏实稳重。女人也很满意金。她对他的满意，绝不是因为他说结婚后可以住进父母给他买的一百平方米左右的小公寓，也不是因为每周五下班，公司的停车场总有一辆最好的车在等着她。金接她下班，把她带到他熟识的红酒店里，温柔地看着她，听她讲公司里发生的小事；当她在电话里随口说想吃冰激凌，他就带着一大桶冰激凌出现在她家门口，这样的时刻让女人觉得自己是爱他的。

女人多次推迟、逃避和金的婚期，最终导致了分手，若单看金的条件是解释不通的，其中的缘由女人到现在也说不清。女人无法向别人解释清楚这种感受，也不希望别人理解。非要说的话，当她和金在一起时，总像穿着不合身的衣服一样憋屈。女人竟会因为这样暧昧的理由放弃和金结婚，周围的人都说她疯了，说她踹走了找上门来的幸福，甚至有人说她“也不掂量掂量自己”。女人还无法冷静到对这些话置之不理，也不理解自己为什么做出了这种选择。听到别人说她疯了的时候，她也很焦虑，怀疑自己是不是真的做了傻事。可是，焦虑也没用，一切都过去了。女人和金彻底分手了，反正这段恋情也没有维持太久。

女人没脱外套直接倒在了床上，像把自己抛出去一样。她躺下来，闭上眼睛。每当她感到害怕和后悔，就会下意识地想起和金的性爱，这会在某种程度上减轻她的不安，让她再次肯定自己的选择。和金的性爱没有留下什么深刻印象，他在开始之前，会不停地称赞她的每一个身体部位，接下来就毫无兴致可言了。和金之间枯燥无味的性爱，可以在某种程度上遮掩住那些令她自责的小碎片。

女人慢慢睁开眼睛，看着天花板上发黑的污渍。女人匆匆地在公司附近找了一处最便宜的住处，仓促签下合同，住进来后才发现了那处污渍。她盯着那处污渍，盘算着是否要在上面贴一张墙纸。

“叮咚。”

突然响起了门铃声，女人像做错事被发现一样浑身一哆嗦，就像之前完全没意识到这间房安装了门铃。她一个人住，一大早出门，大晚上才回来，几乎没有机会听到门铃响。这是她搬家后第一次听到门铃响，直到现在才知道这里的门铃是什么声响。女人想起来了，之前在网上买的台灯今天会到货。她搬家前也遇到过这种情况，下单时明明标注了让快递员放在楼下保安室，但有些快递员还是会到楼上来按门铃。

门铃以一定的间隔响个不停，女人把抓在手里的手机调成了静音。她踮起脚尖，从床上爬起来，在房间里四下张望。这个不到三十平方米的小房间里，无处躲藏。女人又躺回床上，这回她把被子一直拉到了头上盖住全身，连脚趾都没有露出来，像埋进了被子里一般。“叮咚叮咚。”门铃又响了几次，终于消停了。女人屏着气，试图分辨着一连串的声音，快递员的脚步声离开了 1204 号，电梯上来，快递员进了电梯，然后电梯下去。她手中握着的手机屏幕亮了起来，来了条短信，短信里说，家里没人，快递放到保安室了。女人掀开被子坐起来，大大喘了一口气。这是她独居以来养成的习惯。女人认为，让别人知道这间房里有独居的女生没有好处，她不想让任何人知道 1204 号独自住着一个年近三十的女人。她从大门上的猫眼往外看，什么人都没有，这才恢复了平静。

*

女人看着搬家时带过来的衣服。整理衣服的事不能再拖了，天气早就转凉了，衣橱里无袖衬衫和毛呢大衣混在一起。搬家时她叫了搬家公司，被工人随手丢在角落的衣服箱子仍放在原地。女人清空衣橱，把所有衣服放到地上，然后从衣服堆里一件件挑出来，开始整理。她把过季的衣服和可能不会再穿的衣服放进箱子里，把夏天的衣服放进抽屉里，常穿的外套挂在上边，不太穿的外套挂在下面。全部整理完，已经超过凌晨三点了。就在这时——

“叮咚。”

门铃又响了。女人怀疑自己的耳朵，一时有些惊慌失措，分不清耳中的声音是不是现实。“叮咚。”门铃又响了。一股寒气袭过她的心脏，没有人会来找她，甚至没有人知道她已经搬家，也没有其他快递了。更重要的是，现在是凌晨三点，这个时候不可能有人按门铃。女人形单影只，无法预测，不安的情绪笼罩着她。这种恐惧比灯亮起来之前，想象房间爬满蟑螂还要让她毛骨悚然。

女人小心地走到大门边，从大门的猫眼往外看。门外寒冷的黑暗中，一个从没见过的年轻男人站在走廊的红色灯光下。没想到他的衣着挺端庄的，低调的西装，打着蓝色的领带，西装外套外面还穿着一件及膝的风衣，肩上背着一个宽背带的电脑包，包上依稀可以辨认出某个笔记本电脑的品牌标志。完全是一副普通上班族的打扮。可是这样的他，在凌晨三点按响了别人家的门铃，按了一次，又按了第二次，还在按。他伸手按一下门铃，然后退后两步，反复张望走廊两侧，过一会儿不耐烦地抖起了脚。

不过，胆战心惊的似乎不仅是女人，男人也流露出事与愿违的惊慌无措。他看起来不像是个形色怪异的怪人，这张脸她也没见过，都凌晨三点了，更不像是有事来找她的人。女人判断，他只是一个找错目的地的路人。赶紧回到你该去的地方吧，自己家也好，或是原来的目的地也好，她希望这个大晚上的不速之客速速离开，好恢复到之前的平静，就像往常一样，埋没在数以百计的小房间里，不要被任何人记起。男人不再按门铃，他翻开了门把手上挂着的牛奶配送袋朝袋子里看。这时，灯灭了。走廊灯是自动的，过一段时间会自动熄灭，有动静时又会自动亮起。这下子什么都看不见了。她咽了口口水。不一会儿，红色的灯又亮了起来。

“哔，哔哔哔哔……哔，哔哔哔哔……哔……”

男人开始在密码锁上乱按了起来。女人脑中像是突然断了弦一般。哔哔哔……哔……千万别……哔……不要啊……哔哔哔……到底……哔哔……为什么要这样对我……她在心里哀号着，马上就要哭出来一般。新闻里看过的各种犯罪手法在眼前闪过。门外的男人按密码的手速越来越快，她的尿意也越发强烈。猫眼比她的个子低，她不得不一直保持半蹲的姿势，抓着门把手，撅着屁股。她之前关门的时候只锁了密码锁，没有串上门锁链。密码应该不会那么快被猜中，但男人的手按个不停，她深深害怕大门会被突然打开，心里懊恼着为什么没把所有门锁都锁上。女人用大拇指和食指紧紧握住了门锁上方长条形的金属防盗门扣，用尽全力慢慢地把门扣朝左边转动。男人一直在按密码锁。哔哔哔哔……哔，哔哔……冷静……慢慢来……哔哔哔……慢慢来……哔哔哔哔。

“咔嗒。”

卡扣入槽发出冷冰冰的金属声，回荡在走廊。男人抬起头，按密码的声音停了下来。女人和男人对视了。女人吓得头发都竖起来了，感觉他仿佛正在盯着自己看。“不会的，他看不见我的。”女人不断对自己说，但没用。比她眼珠子还要小的猫眼如同一块巨大的玻璃，让门外的男人能把她看得一清二楚。他渐渐靠近，好像发现了什么，本来圆形的视野，渐渐只能看到男人的上半身、肩膀和脸……然后是一个黑色的眼珠。他正死死盯着猫眼。

两个人脸贴着脸，中间只隔着一扇门。女人觉得男人的睫毛已经挨到了自己眼睛上，人中温温热热的，似乎感受到门外男人的鼻息。她清楚地听见自己的心跳声，快得失去了节奏。女人紧紧咬住了下唇，生怕心跳声传到男人那边。手中一直抓着的圆形门把手已经被汗浸湿，再抓下去就快融化了一样。男人转动着眼珠子，眨了几次眼，然后把脸从猫眼上移开，拿出手机捣鼓起来。他没打电话，而是离开了她的视野。女人听着皮鞋声渐渐远去，然后听到电梯下楼的声音。那个声音就像催眠术一样，让她全身紧绷的细胞放松下来，没来由的困意也随之涌了上来。

*

吵嚷的闹钟声让女人睁开了眼睛。女人想了想昨天，不，今天凌晨的事情，回顾了一下和那个男人隔着门脸贴着脸的景象。女人穿着睡衣走到门外，站在走廊里关上了门。伴随着“门已上锁”的提示音，门自动锁上了。她学着昨天那个男人，按了按门铃，又打开了牛奶袋，里面有一瓶牛奶、一瓶酸奶，她拿了出来，边喝酸奶边从猫眼往房间里面看，只能勉强区分出模糊的明暗。

他一定是找错目的地的路人，她这么想着，暂时安下心来。可是，还是有很多地方说不通。首先，假定男人要去的是自己的办公室，要说是来加班的话，这个时间也太奇怪了吧，而且如果这间房被用来当作办公室的话，门口一般会挂上公司名牌。更何况，如果是自己工作的办公室，一开始就会直接开门进来。他也不可能是把这里错当成了自己的家，自己家的话不可能会按门铃啊。那么，是错当成朋友家了吗？如果是常去的朋友家，主人不开门难道不应该先打电话，或说明自己是谁，叫里面的人开门比较自然吗？可他没有这么做，只是执着地按门铃，又按密码锁。

女人设想了各种可能性，最后甚至觉得是不是自己做了一场梦。陌生男人来敲门的事，越想越不现实，记忆也变得模糊。但男人隔着猫眼向她靠近的黑眼珠，带着仿佛要直窥内心的力量，让她久久无法忘怀。女人重新回到房间，斜躺在床上，看着大门。过了一会儿，又重新爬起来，撕下喝了一半的酸奶盒的盖子，贴在了猫眼上。

*

过完周末，女人已经忘了那天凌晨的访客和门铃声。周六她还刻意提醒自己努力忘记，过了周日，到了周一，工作一忙起来她已经没工夫去想这件事情了。门户网站尽管采用了防止垃圾信息的新技术，但垃圾信息并没有减少多少。女人处理留言的速度比平时更快，那些变着花样的露骨词句虽然恶心，另一方面她也很感慨那些垃圾信息制造者避开敏感词的巧妙手段。

女人移动鼠标的手腕突然停了下来了。她移开了正要点下“管控”按钮的食指，把那条正要删掉的留言重新读了一遍——

“商住公寓内学生妹 24 小时等你来，给你恋爱般的体验，享受最高待遇。”

那段她用力装作没有发生、扔到角落的记忆再次顽强地冒了出来。仿佛一间黑乎乎的房里“啪嗒”一声开了灯，一下子看清了之前看不见的东西——几天前那个男人来商住公寓楼是来买春的。按照这个假设，之前无法解释的东西都可以理解了，他肯定是搞错楼了。双子大厦的两栋商住公寓楼的外形和结构一模一样，只有入口不一样。刚搬过来时，女人也曾搞混 A 栋和 B 栋，走错了楼。一走进去，看到入口坐着的保安大叔和平时看到的不一样，她就赶紧出来了，但外人很有可能会搞错。女人住的是 A 栋 1204 号，也就是说 B

栋 1204 应该是在卖淫。她有种找到最后一块拼图的心情。

那天下班路上，女人在地铁站入口看到了几十张撒落在地上的黄色小广告。小广告上印着一个圆滚滚的红色大舌头，是滚石乐队的标志。这个图像本来就很有名，经常被印在各种商品上，她也有一件印着大舌头图案的 T 恤。女人弯下腰，拿起其中一张，当她看到插画旁写着的句子，不禁皱起了眉头：

“口爱房，漂亮 MM 全天候服务，包你满意。”

女人把“口爱房”几个字念了几遍，这应该也是一个变相的卖淫场所，为了逃避监管起的名字。她想起认识金之前，还有个交往了八年的男朋友郑。她和郑的关系不仅深入也很长久，可以说她从二十岁到三十岁的时光都完全献给了郑。郑非常了解各种流行的卖淫方式。女人一直记得有一回他们从情趣酒店里出来时，郑从地上捡起一张“亲嘴房”的小广告，自信满满地为她做了解释。

郑说，“亲嘴房”顾名思义就是只能亲嘴的房间，想要有所深入就得加钱，但有不少朋友炫耀自己经过一番死缠烂打得以“霸王硬上弓”的经历。女人听了简直想吐，但就像有些味道明明觉得臭还是会忍不住想要再闻一次一样，她忍着恶心开始问东问西。郑什么都知道，什么都愿意说。比如买春的层级和方式，又比如水茶房、飞机房、全套沙龙还有镜子房之类名字各异的色情场所。他不知道兴奋个什么劲儿，拼命说个不停。郑还说到公司同事在午休期间去买春，因为中午价格比较便宜，所以他们管这个叫“午间特惠”，接着他又说，那个同事去“午间特惠”加上往返只用了不到三十分钟。女人全部听完之后，又问郑怎么对这种事那么清楚。他喊冤说自己都是听同事和朋友说的，要是真去过绝不可能这样说给她听。女人并不完全相信郑的话。

女人把手中的黄色小广告撕了好几下，扔在地上，撕碎的纸片落在下面其他小广告的舌头上。

*

门铃又响了，这次是午夜。知道访客身份后，女人不像上次那么怕了。她撕掉了大门上贴着的酸奶盖，从猫眼往外看。看到第二个访客后，女人更加确信了自己的推测。这回来的男人戴着黑色框架眼镜，穿着一件卡其色的帽衫，虽然衣着和第一个男人不一样，但行为举止差不多。红色的走廊灯照在他的头顶，同样焦急地往两边瞟，然后不停地按门铃；同样不时地看一眼手机，却没有给任何人打电话。门外又来了个陌生男人，女人虽然有点害怕，同时产生了一种微妙的优越感。原来付钱来发生关系的男人是这副模样，长着这样的脸，有着这样的表情啊。

第二个男人来过之后，她又加了两道门锁，还修好了坏掉的可视门铃。她再也不想和这些人隔着猫眼脸贴脸了。做出非法勾当的是那些男人，凭什么屋里的自己要像犯了罪一样半蹲在门边担惊受怕，实在是太委屈了。

每当女人快要忘记凌晨的访客们时，就会又来一个。门铃一响，她便在可视门铃的屏幕上观察那些男人。他们像是约好了一般，都是清一色的表情，是一种夹杂着坦荡、羞耻、犹疑和期待的复杂表情，那是嘴里念着壮胆咒语般的坦荡，不想被别人发现的羞耻，突然酒醒时冒出来的犹疑，还有对即将和陌生人发生关系的期待。当这些迟疑的男人们把正脸暴露在可视门铃前面的那一刻，女人用手机拍下屏幕，等他们彻底放弃离开之后，再把拍下来的照片打印出来。

女人把打印出来的照片贴在床和衣橱之间的墙面上，在纸上的空白处写下对他们的简单印象。这样一来，第一次的害怕随即消散了许多。

10 月 29 日 11:39 / M 字秃顶、山羊胡子、白皮肤

11 月 30 日 00:21 / 肤色偏黑、深深的双眼皮、长下巴

12 月 6 日 01:17 / 丑男

门铃沉寂了一段时间，那天又响了起来。时辰尚早，还不到午夜，女人正在赶公司里没做完的年终总结，尽管门铃好久没响了，但她并没有很惊讶。女人现在光凭门铃声，就能判断访客是快递员还是买春男。如果是后者，她就会在可视门铃的屏幕上静静观察他们，收集下他们大同小异的表情。这些男人按下的门铃声是短促的“叮咚”，带着一种特

有的浅薄。

女人看着亮起来的可视门铃屏幕，突然被屏幕中的景象惊到，一下子推开椅子站了起来。她失魂地盯着屏幕，踌躇了一会儿，朝可视门铃靠近了一步。屏幕里站着一个男人，穿着深蓝色的西装外套，系着一条简洁的条纹领带，头发微卷，刘海盖到眉毛，下巴棱角分明——这张脸她太熟悉了，分明是跟她分手的金。女人脑中一片混乱，他是怎么知道我搬到这里的呢？女人又看了好一会儿屏幕，看出金的表情与墙上照片中的男人们一模一样。女人意识到，他不是来找自己的。

女人不是没想过可能会遇到认识的脸孔，只不过当时想起来的人不是金，而是说起买春就滔滔不绝的郑。分手后，她曾经想象过也许有一天会再见到金，但真的没想过他竟会出现在她家可视门铃的屏幕上。

女人想起和金在一起的某天。那天，金开着车，女人坐在副驾驶座，听他雄心勃勃地说着未来。他说起打算办婚礼的酒店有一条又长又壮观的红毯大道，说起预备结婚后住的公寓楼房价，说起一结婚就让她辞掉那个不怎么样的工作，说起计划婚后第一年生个儿子第二年再生个女儿，一边说着一边把方向盘往左打，她满心钦佩地看着他，充满了信任，他的表情自然而又沉稳。

女人不知不觉地拿起了可视门铃的对讲机，对讲机的杂音回荡在走廊里，金惊慌地直直盯着镜头。他意识到房里有人，开始

“咣咣”地敲门。他敲一会儿，回头看了一眼，又敲，又回头看。傻瓜，不是这里，是B栋啊。他和从前一样，从来不承认自己会搞错。

女人打印出了金的脸孔，贴在床和衣橱之间的墙上。她拿起笔，本来想在纸上写点什么，最后还是把笔扔在了地上。笔杆和笔帽散落开来，在地上滚着。他和我交往的时候也找过小姐吗？还是今天是头一回呢？不会的，不可能。那是从什么时候开始的呢？没把病传染给我吧？他是喝了酒之后趁着酒劲来的吗？之前说要和我结婚的，他还在想着我吗？她在肯定和否定之间无数次地来来回回，最后得出的结论是，赶紧结束这无意义的提问吧。女人在运动服外面随便披了一件外套，上了电梯。她要去B栋1204号。

*

隔壁栋比她想的要近许多，走过去还不到五分钟。女人按下门铃的那一刻，心脏开始剧烈地跳动，就像第一次看到陌生男人出现在她家门口时一样。那个女人会长什么样呢？会不会穿一件露胸的紧身裙呢？房间里可能会开着奇怪的红灯吧。万一金在里面怎么办呢？有可能是个可怕的女人啊。她要是打我怎么办呢？她要是问我为什么来，我到底该怎么回答呢？女人什么都没想好，就这么按响了门铃。她实在太想知道这个困扰她几个月的女人到底长什么样，想得都快疯了。

*

B栋1204号房间传出那个女人的声音:“谁啊?”女人突然害怕起来,一句话也说不出来。房里的女人再次不耐烦地问道:“到底是谁?”她才低声地回答道:“我……是从隔壁栋来的。”然后就说不下去了。隔着大门,空气中只有厚重而漫长的沉默。女人一听到房里传出来的声音就知道,B栋的女人同样站在大门后,从猫眼里往外看,因为她的声音很近。那个女人充满警惕。让人窒息的安静仍然在延续。从门外看猫眼,只能看到暗乎乎的漆黑,不像被什么东西堵住了,倒像是挖了一个深深的洞,深不见底。女人从喉咙深处打了个冷战,尽量用温和的语气又说了一遍:“我可以和你聊一下吗?”

门的内侧传来几声假咳,过了一会儿,门慢慢地打开了,微启的门缝里泄出一道灯光。就在这时,突然传出一声“咔嗒”的金属声,门没法再开了——原来门上还挂着门链锁。开启的门缝不足一掌宽,只能看到一只瞪得老大的眼睛。与那只眼睛对视的一刻,女人的左手开始拼命颤抖起来。她用另一只手使劲握住了这只发抖的手。门里的那只眼睛从上到下地打量着走廊上两手握在一起发抖的女人。直到这时,房里的女人才解开了门锁链,完全打开了大门。

1204号打开的大门里迎接她的不是一具裸体,而是另一个女人。那个女人穿着运动裤和长袖T恤,T恤上印着象征滚石乐队的龅牙、嘴唇和舌头。那个女人先开了口:“昨天也是你按的门铃吗?”这出乎意料的提问让屋外的女人惊慌失措。房里的女人继续说:“最近老是有奇怪的男人来按我家门铃,所以我又多装了两个门锁。”女人不知该如何应对,只能撒了个谎:“我们家牛奶最近一直没送上门,所以我想来问问,是不是送到这里来了……”B栋的女人摆着手说:“不可能。”这时,大门突然敞开了。房里女人背后的景象十分眼熟,石膏吊顶的天花板、旧旧的厕所门、橱柜上贴着贴纸,试图看起来更干净一些,小小的台灯灯罩下投射出黄色灯光,还有一张单人床。B栋的女人意识到女人的视线越过了自己的肩膀,正在打量房间内部,一脸不悦地关上了门。1204号紧闭的门上,没有留下任何表情。

*

搬家公司工人穿着鞋走进了房间。偏偏是个下雪天,工人走过的地方留下巨大的鞋印,带着雪融化后的脏水。

没多久前刚整理好的衣服、快递送来的台灯、试图区分厕所和客厅的格纹脚垫,还有那些费尽心思塞进小小空间里的东西,被一下子全部拖了出来,又堆成一堆。女人站在一旁静静地看着这一切。搬家进程很快,没有人说话。小房间里充斥着丢衣服的声音、撕胶带的声音、滚轮滑动的声音。没用多久,女人吃饭、工作、睡觉的日常就被装进了几个四方形的箱子里。搬东西的男人问她，墙上那些照片是什么？女人回答，什么都不是，就放在那里吧。

箱子被依次装上了手推车。小小的房间空荡荡的，近乎凋零。为了遮挡天花板上的污渍而贴上的墙纸已经失去了黏力，耷拉了下来，在天花板上晃晃悠悠。早晨的阳光照进灰尘飞扬的房间。女人想，等今天的太阳落下时，我就要在另外一个地方睡觉了。女人把那些男人坦荡、羞耻、犹疑，又带着一丝期待的傻乎乎的脸留在双子大厦的 A 栋 1204，关上了大门。

坦佩雷机场

“啪嗒”——感觉有人拍了下我的肩膀，把我吵醒了。我睁眼一看，地铁刚驶过新道林站，对面座位上的人也是迷迷糊糊，一脸刚睡醒的样子。他的包上和我的腿上，都放着一盒浅绿色的口香糖。

“啪嗒”，然后又是一声“啪嗒”。

车厢过道里有一位矮小的老奶奶，满头白发，拎着个红色的塑料筐。她从筐里掏出一盒盒口香糖，“啪啪”地丢在乘客身上，一副你爱买不买的样子，一人发一盒，也不管位子上的人是睡是醒，一视同仁。有的扔到了肚子上，有的扔到了肩膀上，有的人正低着头睡觉，被扔到脖子，砸得咳了起来。正是下班时间，地铁里坐满了忙碌了一天的人们。

老奶奶走到了车厢的尽头，又往回走。她开始收回刚才发出去的口香糖，有时只取回原物，有时能换来一两张五元的纸币。这种时候，她既不点头哈腰，也不言谢，只是例行公事般抽走对方手中的钞票，仿佛昭示着自己并非在乞讨。我臣服于她这种堂而皇之的气势，也掏钱买了口香糖。

口香糖扁平的包装纸上印着端正的黑体字——“萃取自白桦树的芬兰木糖醇”。大概是因为白桦树、芬兰、木糖醇这几个词，口香糖恍若化身为一封异国寄来的信，从那片未曾踏足的土地上捎来一股清风。打开外面的纸盒，八颗扁圆的木糖醇口香糖整齐地放在塑料泡罩包装里，我用大拇指按出一粒，剥开了铝箔纸，一放进嘴里，一股香甜和清凉在嘴里蔓延开来，涌出了唾液。这时，我想起来，芬兰并不是“未曾踏足的土地”，我去过一次。这件事我从来没有告诉过任何人。

*

六年前的夏天，我途经过芬兰的一座小城——坦佩雷。当时我买了最便宜的机票，要飞往爱尔兰的都柏林，需要在坦佩雷中转。飞机到达中转站坦佩雷机场时，已近深夜，可那占据了一整面墙的玻璃窗外，天色和白天一样明媚——那是我第一次看到“白夜”，这才意识到已身处一个遥远的国度。

我计划在都柏林打工度假三个月，直到暑假结束。想到即将开始的新生活我有些激动，同时也很淡定，准备都做好了，该怎么样就怎么样吧。说起要打工度假的原因，其实有点寒酸。我一心想成为纪录片制作人，但直到毕业前夕才发现我的硬伤是缺乏海外经历。就业博览会上，就业咨询师问我有没有听说过“冲向就业前线”这句话。他说，这的确是一场“战争”，而我还没做好上阵的准备。他的意思是，我还需要做很多准备。更何况，制作人这个职业竞争非常激烈，我的条件、学校和学分全部都很普通，只有英语成绩还不错，但同水平的人很多，也算不上突出。

我先办了休学，可没钱去海外研修，还背着助学贷款。我希望不花钱出趟国体验生活，最好还能赚点钱，反正年轻时吃点苦也不怕，趁这个机会再提高下英语水平……我没抱太大的希望，四处打听后，和大部分韩国年轻人一样，想到了办打工度假的签证出国。我跑了好几趟旅行社和留学培训中心，办理签证签发材料，几经周折好不容易找到了当地的工作，还拼命攒出了机票钱，搞定这些整整花了一个学期的时间。于我而言，这是煞费苦心做出的决定，是一项巨大的挑战，也是一次特别的经历。但等我都准备完才发现，海外经历对别人来说稀松平常，算是一种潮流，只不过是就业的准备而已，不由得有些许酸楚。

坦佩雷机场很小，不像个机场，倒像个汽车站。候机厅里，除了办理出入境手续的地方，只有一家咖啡店、一家小餐馆和一台自助服务机。已是深夜，机场关了门。我坐在长椅上，看着信息屏上的航班号、到达时间和登机口信息，我要搭乘的前往都柏林的廉价航班要五个半小时后才出发。这五个半小时只能百无聊赖地消磨了。我拿起座椅旁的报纸，上面密密麻麻的都是看不懂的字母，还有格外多的黑点，应该是芬兰语，以前在纪录片里看过芬兰语和韩语的语法相似。我慢慢翻看着报纸，靠报纸上的插画猜测文字的内容。突然有人拍了下我的肩膀，我条件反射地转过身。

“对不——起，我——吓——到你了。”

一位老人用苍老的嗓音对我说，说的是英语。他一看年纪就很大，额头和眼角满是皱纹，不仅脸上密布着浅黑的老年斑，连稀疏的头发间也有。他语速很慢，说完还轻吸了一口气，好像单说这一句都很费劲儿。

“没关系，请问有什么事？”

我边回答边仔细打量着他的脸。他有一双蓝绿色的眼睛，但这双蓝绿色的瞳孔似乎有些奇怪，看不出来在看哪里，好像在看我，又好像不是。他的视线固定在我身后的信息屏上，一边从外套口袋掏出机票递给我，继续用缓慢的语速吃力地说道：

“我——眼睛不——太好使，你能——帮我——看——

一下吗？”

我接过他递过来的机票，是四小时后去赫尔辛基的机票。

“您还要再等四个小时。”

老人好像搞错了什么，叹了一大口气，眨了一下深陷而无神的眼睛。我无故生起一丝反感，起身拿起了背包，准备推行李箱。他坐着，视线对着我的腹部，问道：

“你——的飞机——几点？”

“五个半小时后出发。”

满面皱纹的老人笑逐颜开：

“啊——那——太好了。”

我们决定去机场外面转一圈，散散步——这是他提议的，因为听我说是从韩国来的，而且是第一次出国。他说，光待在机场里等飞机的话就等于没来过芬兰，去外面转一圈，以后可以说自己来过芬兰了。他作为芬兰人，对我这趟旅途只是途经此处表示略感遗憾。

听了他的建议，我暗自担心起来，他走得动吗？好在他轻快地拄着拐杖，走得很稳。多聊了几句，我也逐渐适应了他缓慢的语速。他说一句吸一口气，再说一句再吸一口气，还是娓娓道来地聊开了。他先和我聊起了他的事，说自己年轻时当过摄影记者，退休后当了摄影家，两年前生病逐渐失去了视力。他说虽然不能再拍照了，很难过，不过得到了很多人的帮助，觉得很幸运。

“今——天也遇上——了你——这样善良的淑——女。”

他的英语说得很慢，不难听懂，但我还是有几次没听懂，请他再说一遍。他说到自己参加过第二次世界大战时，我又问：

“什么？请您再说一遍可以吗？第二次世界大战？”

我其实不是没听懂。我在脑子里一算，如果他说的是真的，那他应该有九十岁，甚至超过百岁了。我竟然跟一位参加过二战的老人在白夜一起散步，也太不现实了吧，我仿佛走进了一个灯火通明的摄影棚。

走着走着，我的肚子“咕噜噜”地叫了起来。声音不大，我以为他听不见，想不到他听到了，还大笑了起来。

“我们——坐一坐？”

机场四周种了一圈树干雪白的白桦树。刚才从飞机上俯瞰时，到处都是绿油油的，降落的那一刻突然变成了一片雪白，感觉这里像是一块天鹅绒布，换个方向抚摸绒面，就变了个颜色似的。我在树下找了一张长椅。

老人从背包里拿出一个纸袋，又从纸袋里掏出一个扁圆形的黑麦面包递给我。我心里想着，初次见面的人给的东西能吃吗，但香喷喷的味道又让我不禁垂涎欲滴。上一顿饭是大半天前吃的机舱餐，我肚子实在很饿了，接过面包，一口塞进嘴里，吃了一惊——我嚼到了米粒，面包里竟然包着米饭。没想到这么好吃。想起他刚才提议一起等飞机时我还有些反感，顿时充满了歉意。他慢吞吞地吃着面包，速度比说话时更慢。我有些好奇，他身体这么不好，为什么还如此辛苦地坐飞机出门呢？我问他：

“请问，您为什么要去赫尔辛基？”

“去——参加——同——学会，这是——我一年中——最重要的——活动。”

“原来如此。”

“我——把每一次——都当作最——后一次。”

他说同学会经常出现讣告，每年参加的人数都在减少。明明说的是这么可怕的事，他却毫不在乎地咯咯笑着。接下来他开始问我的情况，问我毕业后想做什么。我说想做纪录片制作人。他很开心，说自己还看得见的时候很喜欢看纪录片。

“你——什么时候——开始——喜欢——纪录片？”

嗯，是从什么时候开始的呢？

我陷入了片刻回忆。回忆的尽头是一个大圆盘，雪白、带着光泽的圆盘，那是上世纪90年代中期，正流行安装卫星电视的“小耳朵”，就是从那个时候开始的。

当时全韩国每家每户都安上了“小耳朵”，仿佛那是个现代人的必需品。我还在读初中，每天一放学就往空无一人的家里跑。我在校服裙下套着运动裤，看起来十分怪异，手上还拎着带到学校的室内鞋袋子，打开纪录片的频道，撑着脸颊侧躺在客厅地板上，就这么看了起来。电视里一遍遍地重播着自然纪录片《国家地理》等在国外广受好评的纪录片。工作人员带着摄影机走向沙漠，走向北极，走向雨林，配上像来自上帝一般的解说，把我迷住了。《地球大纪行》《丝绸之路》等纪录片，我看完一遍又看重播，不管看多少遍都喜欢。别说内容梗概，连解说词我都几乎能背下来。

《学校手册》的“未来理想”一栏里，我每次写的都是“纪录片制作人”。初一时这么写，初二时这么写，到了初三还是这么写。自从迷上了纪录片，我感觉身边的同龄人看起来都是那么幼稚，他们每年在《学校手册》里写的“未来理想”都不一样，今年是医生，明年成了律师，后年又想当建筑师，换来换去的，真是幼稚可笑。可怜啊，他们看过《地球大纪行》吗？了解世间万物和人生的道理吗？我觉得自己是学校里最成熟的人，既扬扬自得，又索然无趣。

我莫名地紧张起来，对老人说起了我的理想。我在脑子里把句子翻来覆去了好几遍，心想这种时候可不能出现语法错误。我说：“这是我真正想做的事，仅此一件。”

“你——是真心——热爱。”

“对，热爱。应该是吧。”

老人说，以后要是当上纪录片制作人，让我一定要来芬兰拍一下极光。他特别嘱咐一定要冬天来，现在是白夜，太亮了，看不清极光。他说到了寒冷的冬天，夜幕就会降临，你一定要再来一次。我答应他一定会来，想起了曾经看过的极光纪录片。满天都是五光十色的光线，仿佛来自遥远星球的光柱，一会儿驻足停留，不一会儿又向远方游弋而去。我脚下站的地方，等黑夜来临之时也会翻涌起极光吧。

我怔怔地凝望着彻夜通明的天空，这时老人从上衣口袋里掏出了什么东西，是一台一次性相机。他说眼睛患病后，出门时都会带上这个不需要自己冲洗照片的一次性相机。他用大拇指卷着胶片，说要给我拍张照。我理了理头发和衣领。他朝我按下了快门。听到“咔嚓”的快门声，我也突然有了想要拍照的冲动，在得到他的允许后，我用背在肩上的单反相机给他拍了张照。他听着我按下的快门声，说道：

“现——在，回——机场吧，飞——机要——来了。”

一到候机大厅，老人打开自己的行李，掏出一本大速写本和一支记号笔，让我留下家里的地址。他说要把刚才拍的照片冲洗后给我寄过去。他让我把字写得大一些，这样他用弱视患者阅读器能看清。大号速写本和记号笔对老人来说相当于普通的笔记本和圆珠笔。我像在大学电视台社团招新时写宣传海报一样，用超级大的字写下了地址。老人听我用记号笔在纸上一笔一画滑动的声音，笑得满脸的皱纹都舒展开了。

我把他领到航班出发的登机口：

“您在这里等三十分钟，工作人员会带您进去的，知道吗？”

他反复说没问题，摆着手让我赶紧走。我在隔壁登机口办理登机手续，在能看到他的最远处再次回头看他。虽然我明知道他不可能看到我，但他的确面朝着我的方向，仿佛在看着我。

三个月的打工假期转瞬即逝，我去的是一家距都柏林两小时火车车程的乡村疗养院。疗养院里一半是为身体不好的老人提供康复疗养，另一半是专为患有阿尔茨海默病的老人打造的酒店式疗养院。我在里面负责每天打扫客房。每天上午，我推吸尘器、整理被褥、换新床单，不知不觉就到了中午。我回到疗养院的员工宿舍，自己简单做点吃的，然后把用过的脏床单洗净晾起来，再把晾干的叠起来。周而复始，一遍又一遍。一天的时间就在洗衣和打扫、打扫和洗衣中飞快地度过。

人生地不熟，再加上没什么机会和别人说话，刚开始确实有点孤独。虽然长起了湿疹，不过确实挣了不少钱。后来，我渐渐熟悉了那里的生活，和来自欧洲各国的同事们也稍微熟络了起来，周末还去都柏林、戈尔韦等地小游，欣赏异国的自然风景。我时常用单反相机拍下各色人种的同事，这让我挺开心的。当地蔬菜太贵，不少同事只吃面食导致了便秘，我把从韩国带来的便秘药分给他们，得到他们的交口称赞，还叫我“亚洲南丁格尔”。我偶尔会大费周章地准备好各种食材，给同事们包韩式紫菜包饭，他们都爱死了这道美食；有时我还会费尽心思想好一个英语笑话，把他们逗得哈哈大笑。这样的时刻让我感到充实。

有些时候，我会想起机场遇见的老人，比如得知某个同事是芬兰籍的，比如打扫房间时看到了弱视患者专用阅读器，比如给风烛残年的老人打扫房间，比如无意翻看相机照片时看到最前面那张给老人拍的照片。每当这时候，我总感觉像第一次遇到他时，突然被他拍了下肩膀。

回到韩国的那天，家门口迎接我的是信箱箱底躺着的一封信，是芬兰老人寄给我的。我和他只相处了四个小时，却觉得比相处了三个月的芬兰同事还要亲近。估计他一结束赫尔辛基的短途旅行马上就给我寄了这封信。不知道他的同学怎么样，看到参加的人比去年少，他会不会伤心？回去的路上他是一个人上的飞机吗？我有很多想知道的事。我有种让老人在门口等了三个月的感觉，手忙脚乱地撕开了信封。

信封里有一封短短的亲笔信，他在信中祝我旅途平安，还有一张印着极光照片的空白明信片，还有我的照片——那是我们分别前，他用一次性相机给我拍的。照片是我的上半身像，身体入镜的比例刚刚好，头上的留白也不多不少，尽管他之前是摄影师，但现在眼睛都看不清了，还能有这么好的构图，真是令我惊讶。我从书桌的第二个抽屉里拿出胶带，剪下手指那么长的长度，把极光明信片贴在书桌前的窗框上。我想，以后每次看到这张明信片，心情一定会很好。

我已经想好了，最后一个学期开学的第一天，上学路上先去学生会馆买信纸和邮票，上完课去图书馆给老人写回信，回家路上把信放进大门口的邮筒里寄走。可是，开学第一天的第一节课我就迟到了，没来得及去学生会馆，第二天选课后发现漏选了一门必修课，紧张兮兮地给学籍科打电话、发邮件，去教授办公室求情，忙得晕头转向。第三天终于买好了信纸，但又想直接去邮局寄信，比塞邮筒更可靠，这样的话，就要赶在下午四点半邮局关门之前过去。于是又推到了第二天。

最终，一个学期过去了，我没有回信。

一整个学期，我应聘了所有公开招聘的电视台制作人职位，可是每次都在简历那一关就被筛掉了。我没想到招制作人的职位那么少，也没想到有那么多人想当制作人。要是参加了面试后落选我还能接受，只提交了求职简历就被筛掉，连落选的理由都无从得知，让我非常郁闷。要看综合条件的话，不应该连初中、高中时期的《学生手册》一起考虑吗？六年来我每年都在“未来理想”一栏写上“纪录片制作人”啊，就冲这个也该给一次面试的机会吧？

我只参加过一次面试，是一个钓鱼频道。我通过了简历筛选和笔试，但在面试中未能给考官留下深刻印象而落选。面试中我完全回答不上的最后一个问题，直到结束后还久久不能忘怀——

淡水垂钓和海洋垂钓最大的区别是什么？

当最后一次期末考来临时，给老人回信的念头已经被我抛到了脑后。

有一天，我在图书馆复习考试，卡着时间搭末班车回家。回到家里，我坐到书桌前打算继续学习时，窗框上贴着的极光明信片映入了眼帘。信是要回的，可在我一拖再拖的时候，老人寄信到现在已经过了半年的时间。芬兰已经变冷了吧？像白天一样明亮的日子已经过去，现在一整天都是黑乎乎的吧？那里有极光了吗？他在等我的信吗？

一想到信我就烦。隔天的考试非常重要，在期末成绩中占 70% 的权重，我必须拿到 A，才能把平均分往上拉一个等级。信的事以后再想吧，我一把撕下了明信片，背面被撕破了，白色的薄纸片连着胶带留在了窗框上。我把明信片塞回信封，放进了抽屉里。

对啊，我反正从来没说过要给他回信，收到信已经很有意义了。况且，老人或许已经忘了我。反正也晚了，不如等有空再回吧。我这么一想，心里舒坦了许多，尽量不去想那封信。

毕业后，我进了一家外包制作公司。这样既能体验电视台的工作，也可以积累制作方面的经历，有助于日后应聘电视台，公司里很多员工都抱着同样的想法。也许是这个缘故，这里的工作方式几乎和志愿活动差不多，收入和打零工相差无几，而且这个工作还不能回家，按工时算的话时薪更低。我甚至想过还不如去外面打零工算了。

更让我难过的是，连我都觉得自己的工作很寒碜。我主要负责制作一档早上播出的十分钟短片节目。我举着一台镜头六毫米的摄像机到处跑，按作家写的剧本和要求拍片子、剪片子。这档节目叫《寻访全国正宗美食店》，我在节目里要说的话无外乎“味道怎么样”“我一说‘开录’你就夸这个好吃”。乡下老人看我举着台摄像机，就管我叫“导演”，我虽然尴尬，也有一点开心。

连续两个月没拿到工资的那段日子，我爸病倒了，我妈开始出门工作。我逐渐减少了在外包制作公司的工作，增加了打零工的时间，后来零工变成了全职，我正式进入一家小有名气的食品公司的会计部门。虽然不是大企业，但工作很稳定，公司也有一定的名气。能找到这份工作大概要感谢大学时辅修了经济学，朋友们都很羡慕。那天晚上十点，我收到了确认录用的短信。妈妈听到消息时，正在爸爸住的六人间病房里，她说当时爸爸在睡觉，所以压着声音哭了。

签年薪合同的那一刻，我原以为自己会有一些不甘，没想到恰恰相反，我是真的、发自内心地感到高兴。什么电视台，什么制作人，我已经受够了。四大保险、年终奖金、年假、医保这些词让我觉得那样温暖和踏实。见习期结束正式入职时，公司还提供了家属医疗费，爸爸正是靠这笔钱才做了手术。

接受入职培训，第二年轮到我给新职员培训，偶尔聚聚餐，遇上年终结算时晚上加加班，还和上司介绍的男人交往了两个月后分手了……日子一天天过去，不好也不坏。大学毕业六年，终于还清助学贷款的那天，我在一家知名西饼店买了块切片蛋糕。回到家，关上房门，关上灯，我用笔记本电脑播放《北极的眼泪》DVD。当房里响起了纪录片的背景音乐，那旋律我已经熟悉得不能更熟悉了，因为我看过太多遍了。长方形的显示屏亮着，我端着蛋糕盘子，一口一口慢慢地吃着，舌尖的奶油好甜。

*

一个星期前，我加班中途到公司附近的餐厅吃饭时，看到电视里晚间新闻画面底部的滚动字幕说，电视台在招聘制作人。

那天，我回公司后，在茶水间用开水泡了杯咖啡，可一直到凉了也没喝，最后全倒进了洗手池里。我在工位上打开浏览器，输入电视台网址，敲下了回车键，弹出了“制作人公开招聘”的窗口。此刻办公室里没有别人。我下意识地写起了求职简历和自我介绍，虽然刚开始我并没有打算写。

好久没写简历了。我在简历里写下B女子高中校电视台社团部长、I市青少年影视作品征集大赛银奖、C大学校电视台副台长、爱尔兰打工度假、曾在M制作公司任职、D食品公司经营后勤部在职。还有什么别的吗？英语考级证已经过有效期很久了，我写上了好歹有效的Photoshop证书和MOS（微软办公软件）认证，实在没什么可写的了，简历看上去空荡荡的。我写上驾照，又删掉了。

自我介绍里面有五个问题，和六年前的没什么两样：“阐述想成为制作人的原因”“描述人生中最具挑战的经历和感受”“列举三件以上体现自己领导力的经历”，还有一道最令人难堪、让我无言以对的问题——简述人生中最后悔的经历及其原因。

我呆呆地看了一会儿白屏上闪烁的光标，闭上了眼睛。黑暗中似乎可以看见什么东西，又看不见了。头好疼。我关掉了浏览器和电脑。我决定，今后再也不打开电视台的官网了。

*

下班一回到家，我把口中嚼得已经没了甜味的口香糖吐进垃圾桶，把外套和包扔在了地上。当我的视线移到书桌前的窗户时，我看到了窗框上贴着的胶带。

胶带上的小纸片在提醒我，很久以前那里曾经贴着一张明信片。被随意扯下而残留的纸片已沾上了灰，变得黑乎乎的，胶带也失去了黏性，耷拉着。我盯着胶带上脏兮兮的纸片看了好一会儿。

我知道的。虽然不确定那件事是不是我人生中最后悔的一件事，但肯定是我后悔的几件事之一。我曾以为我已经忘了，可它却牢牢地粘在我心里的某个角落，黏糊糊的，撕也撕不掉。如鲠在喉，要把它挖出来的话需要很大勇气，而且，就算挖出来了，恐怕也不忍直视。这一点，我非常明白。

我慢慢打开书桌的第二个抽屉，拿起存折和护照，又拿起下面的两本笔记本和一本书，然后露出了压在最底下的东西，正是芬兰老人寄过来的信封。

脑中一片空白。我知道这封信就放在那里，可时间太久了，完全想不起信封里装了什么、信上写了什么内容。也不光是时间的原因，是我不知从何时起，假装自己从没收到过他的信。这么假装着，好像真的没有这回事了。我为什么会这样呢？恐怕是因为……担心老人已经不在这世上了。一年过去，两年过去了，一想到老人现在该有多大年纪，我就不禁摇头。万一他真的已驾鹤西去，要是知道的话……我大概会羞愧得无地自容。

我拿起信封，里面的东西掉了出来——背面被撕破的极光明信片，还有六年前的我。我拿起照片，照片里的我留着齐眉的刘海，这种发型现在绝对不想尝试。我留过那种头发？很土，却很可爱。天哪，照片里的我还没有法令纹。

紧绷的不只有照片里我的皮肤，照片本身也硬挺得奇怪。我无意间把照片翻过来，背面贴着一张厚厚的纸，上面写着带黑点的字母，可我看不懂。不看文字，单看图片的话，这张纸像从麦片盒子上剪下来的。为什么要贴这个呢？我想拿出信来看看，再次拿起了信封，发现了之前没注意到的地方——信封左下角写着寄信人地址，右上角写着收信人地址，而中间位置沿着信封的对角线横写着一些模糊的文字，是用铅笔写的，已经快要看不清了。我把信封拿近仔细看，对角线上的文字是——

"Do not bend (Photo inside)"［勿折（内有照片）］

这是老人的一片苦心啊，他大概是生怕照片在去往遥远的地球另一端的途中会被弄皱。我想象着他剪下一块麦片盒子的纸片，用胶水牢牢地贴在照片的背面。在如同白天的夜里，他坐在窗边，和煦的阳光洒在他的身上，他用皱巴巴的手在剪刀、胶水、照片和信之间摸索着。

我强忍的泪水喷涌而出，哭了好一会儿，仍然无法平复，一颗心像浮在水面上起伏不定。我打开信封，拿出信，摊开来。原来信的开头写着——“致字迹有力又勇敢的韩国淑女”。我仿佛第一次读这封信一样仔细看着老人的字。一行行地往下读，歉意的泪水奔涌而出，不知在向谁道歉。信的结尾说保持联系，还留下了十三个数字。他竟然给我留了电话号码？我怎么连这个都忘了，到底是为什么？

我冲动地拿起手机，输进他在信里留下的号码，按下了通话键。听着电话的接通音，我的手抖个不停。怎么办……有人接起了电话，是个女的，声音低沉、语速缓慢，她说的好像是芬兰语。我做了一个深呼吸，问她能不能说英语。她马上用英语问我是谁。我低头看了一眼信封角上写的名字——Yarn。原来老人的名字是Yarn。我问：“请问Yarn在吗？”听筒那边传来我听不太懂的声音：

“他睡了。”

“您说什么？可以再说一遍吗？”

是睡了？还是死了？我用颤抖的嗓音再次问道：“请您再说一遍，可以再说一遍吗？”

“他——睡——了。”

他在，他还在，他在睡觉。我哽咽着说：

“我是韩国人，六年前在坦佩雷机场认识了 Yarn。”

她用高兴的声音回答：

“他记得你。我是 Yarn 的妻子，听说你帮助了他，谢谢。他快起床了，吃早餐时我会把这个好消息告诉他。”

我和她确认了几遍信封上的地址，然后挂了电话。他还健在。他叫 Yarn，还在睡觉，还会和夫人聊天、吃早餐、睡懒觉。

我抹去眼泪，找出最大号的笔记本和记号笔，用大字开始写一封迟到的、迟到了太久的信——Dear（亲爱的）。

作品解读

感知力的革命

印雅瑛

1

张琉珍的小说会说话。“我这样做，是为了教她，教她做人的道理。想要得到三百元，她就得先掏三百元钱才行。她只拿了七十元，就只配获得七十元钱的祝福。她恐怕不懂这个道理，但这个世道讲的就是这个理。”（《好好过》）这个世界精确地运行，付出多少，就会得到多少；下了多少功夫，就会有多少收获，得失计算绝无水分。张琉珍小说中建构的基本世界，是一个讲求合理、追求利润的资本主义社会。在这样严丝合缝的体系之中，个体在工作、爱情、金钱、爱好、人际关系和性别暴力的夹缝中求生，有笑有泪地活着。她们之中，有在性别歧视的公司组织中与同进公司的同事结婚的女白领（《好好过》），也有试图寻找“生活与工作的平衡点”的创业公司“老幺”上班族（《工作的喜与悲》），还有第一次拥有名下房子、已婚未育的百货店女经理（《帮手》）。这些微小、平凡的个体是如何生活在资本主义体系之下的呢？张琉珍的第一部小说集正是始于这个提问。

韩国文学长期以来固守的是内心的真情实感与膨胀的自我意识，而这些东西在这部小说集中难以觅见，准确客观的自我认知、轻巧敏捷的行动力，以及懂得珍惜小确幸的心，取代了司空见惯的郁郁寡欢与多愁善感。这些个体行动轻巧、敏捷，没有沉溺于感情之中，并非出类拔萃，又不至于和旁人相去甚远。她们既不是拥有伟大抱负的职业女性，也不是敢于与庞大组织抗衡的正义斗士，同时，也不是适应不了社会或是承受极端痛苦的人物。她们只不过敏锐地知晓生活和工作的界限，充分理解工作中的喜悦与悲伤。她们，恰是这个时代最普通的我们。张琉珍的小说里融合了对资本主义体系的洞若观火，对生存与生活的深刻感受，以及懂得维持生活品质与幸福的感知力，小说中清新、平淡的个体正是当今韩国文学的新面孔。

2

张琉珍第一部小说集中作为默认值登场的人物，是生活在韩国的二十到四十岁之间的平凡上班族。这些普通上班族在工作、爱情、休闲中寻求平衡点，和其他韩国年轻人一样走过竞争激烈而又勤勤恳恳的职业道路。如果把这几篇小说中的年轻人串在一起，当作是一个年轻上班族跨越障碍一级一级往上爬的成长叙事来读的话，会是怎样的呢?

《坦佩雷机场》中准备找工作的大学生可以作为起点。梦想成为纪录片制作人的主人公在大学毕业的最后一个学期之前，利用三个月的暑假到都柏林打工度假。自身条件、出身学校、绩点学分都非常普通的“我”清楚地知道自己在就业市场的处境和价值。因为申请了助学贷款，所以“我”没有选择短期游学，而是选择了打工度假。尽管这个决定对“我”来说是个了不起的挑战，但在冷漠的现实中只是就业竞争里再普通不过的准备。然而，当“我”前往都柏林途中在转机的坦佩雷机场，偶遇了一名芬兰老人，让“我”得以短暂忘掉这冷漠的现实。这位年近百岁的老人，年轻时当过摄影师，现在几乎丧失了视力，和他对话时“我”仿佛“走进了一个灯火通明的摄影棚”，体会到超现实的感受和感动。在现实中，“我”梦想的职业只能换算成各种分数和条件，只有在和老人聊天时，才能重拾中学看纪录片时第一次感受到的“热爱”，让这个职业如芬兰的极光一般五彩斑斓。

但小说并没有在“我”与陌生异邦人的浪漫邂逅中落幕，回到韩国的“我”重面现实，经历了电视台制作人公开应聘的接连落榜，先后进入了一家外包的制作公司和一家食品公司的会计部门。直到大学毕业六年后的一天，“我”再次试图挑战应聘制作人却最终放弃，才又发现了芬兰老人很久以前寄来的照片和信，不禁流下了眼泪。“我”终于提笔写那封迟到已久的回信，不再以奔波而冷酷的生存环境为借口推脱。小说最后那句“Dear”之中，交织着芬兰老人的真情实意和“我”曾经的梦想。小说十分罕见地没有陷入一味遗憾梦想无法实现的俗套，“我”怀念着和百岁芬兰老人的超现实相遇，同时拥有冷静的自我察觉，感受到“四大保险、年终奖金、年假、医保这些词”带给“我”的温暖踏实。“我”没有忘记他人给过我的温暖，但也没有轻视“四大保险”赋予的柔软触感，对现实有充分的认知。这正是支撑起张琉珍小说的特有的平衡感。

《第一百零一封简历和第一天上班的路上》中描述一名年轻上班族第一天上班路上的情形，简单几笔勾勒出了这种平衡感。“我”是一个职场新人，大学毕业后投了无数的简历和自我介绍，做过实习工、合同工，终于以“二手新员工”的身份第一次进入一家公司的编制。第一天上班路上的“我”心中满是兴奋和畏怯。小说中的主人公作为当代年轻人，经历了激烈竞争的就业市场，习惯于把自身条件换算成一大串的数字：

“换了新公司，我的工资涨了不少，年薪十六万，算下来每个月税后实际到手的有一万二千元，交房租三千、管理费四百、水电煤六百、网费六十，手机费和分期付款四百，暂时没男朋友但为结婚而存的结婚基金三千三百；还有这次找到工作后约了好久不见的师姐，找她买了一个分红型保险和全额报销型医疗保险，每月付七百；又买了新的雪纺衫、皮鞋、裙子和裤子各一件，花了一千；在超市里买了七七八八的食材和生活用品，花了四百。扣掉这些之后，还剩下两千元。我的目标是，接下来每天连交通费算在内只花六十五元。”

对于刚进入职场的独居未婚女性来说，用加减法计算工资和生活费是生活必备技能，张琉珍小说中的人物也没有例外。主人公在上班路上犹豫着要不要买杯外带美式咖啡，仿佛是在苦恼自己第一次成为正式员工后会面临怎样的职场命运。三十九摄氏度的酷暑天，咖啡店的热美式咖啡卖十元钱，冰美式则要卖二十五元钱，她明知是商家营销的“诡计”但还是买了杯冰美式。她在上班路上烦恼的是，可以在这个公司工作很久吗？可以和同事拉近关系吗？她同时又具有非常随意的机动性，在遇到帅气的意大利使馆职员后，当即决定每个月多存六百元，想入非非地计划起意大利之旅。“我扯了扯单肩包的包带，一手拿着冰美式，新买的皮鞋在脚下发出轻快的声响。”清新之感迎面扑来。从某种角度来看，主人公俨然是20世纪“鸡仔文学”[①]里年轻职场女性的再现，然而与“鸡仔文学”中被视为欲望和消费主体的年轻女郎相比，张琉珍笔下的人物又更多了几分对现实的准确把握和客观的自我认知。

《工作的喜与悲》中正面描写了职场生活。小说讲述了供职

① 指由女性撰写并且主要面向二三十岁的单身职场女性的文学作品。主要通过轻松幽默的方式讨论现代女性关注的话题，这一类小说中描绘的女性要么过分注重外表，要么是购物狂。——译者注

于板桥科技谷的小规模创业公司的平凡上班族的悲欢，将韩国文学史上的“公司小说”流派提升了一个等级。小说犀利地剖析了资本主义公司体系下隐藏的不合理的结构矛盾。公司为提高工作进度的共享效率采用了“站立会议”的业务管理法，结果老板本人每天啰啰唆唆反而浪费了时间；为打造扁平化业务环境使用了英文名，反而催生出另一种森严的等级结构。而小说的核心是信用卡公司员工的故事，凸显出另一个更大的问题，即公司上级作为“甲方”的“仗势欺人”。信用卡公司的会长想在自己 INS 上发布古典音乐演出的通知，而被下级忤逆了心愿，遂命令支付她信用卡点数取代工资。公司里森严、闭塞的等级结构根深蒂固，仿佛在嘲笑那些试图与平等、大气的新时代接轨的假情假意。而劳动者无法摆脱资本主义公司体系中“乙方”的角色，不得不忍受这种“时差”带来的影响。

不过，张琉珍的小说并未停留在揭露现实中的不合理，而是往前再进了一步，把目光投向了在这样体系下求生存的个体，窥探他们如何生活。从这个角度来看，信用卡公司员工通过二手交易 App 把积分换成现金的应对方法颇为新鲜。她作为别无选择的“乙方”受辱而哭泣过，后来改变了想法，认为“钱也只不过是生活体系中的一种积分罢了”，找到二手交易的方式，把积分换成现金，克服了困境。拥有应战的敏锐性和生存感知力的个体，懂得通过加减运算，在冷酷的资本主义社会找到平衡的最优选择。不管是开口问“你在公司哭过吗”的她，还是撒谎否认的主人公，她们都在积极应对、主动出击，没有沦为击石之卵。点亮小说结尾的是“我”的好心情，把职场生活的压力换成了参加赵成珍个人演奏会的门票和飞香港的机票，“虽然有点贵，但今天是发工资的日子，没关系”。“我”没有佯装不知工资的珍贵，也懂得珍惜休闲的幸福，人物清新而平淡。张琉珍的小说没有漠视四大保险和奖金带来的安全感、存钱去意大利度假的喜悦、对赵成珍香港个人演奏会的憧憬。小说将工作的喜悦与悲伤通通囊括其中，肯定了体系之中最寻常的生活，也慰藉了那些听到“你在公司哭过吗”时偷偷点头的当代读者。

3

可是，资本主义交换理论也有失灵的时候。在这个复杂的世界上，每个人有各自的欲望和理解，总会出现一些无法预测的变数。有几篇小说描述的是已经成长为成熟上班族的生活，近距离聚焦职场中因女性和结婚问题而衍生出的人际关系。

《好好过》里描绘了一个进公司五年的二十九岁女职员与同事彩娜姐的故事。在“我”即将与同进公司的男友结婚的前三天，彩娜姐为了获取结婚准备的信息，把“我”叫了出来主动讨要请帖，而到了婚礼当天她又没来，还把自己的请帖直接放到“我”的电脑键盘下，做出种种“过分举动”。对“我”来说，彩娜姐不过是“三百元红包的关系”，她残忍地打破了以“give and take（有给有拿）”为基本公式的请帖文化，但“我”

对她并非抱有特殊的恶意。一般来说，三十出头的上班族早应习得察言观色的能力和基本的感知力，并将之化为身体的一部分。但彩娜姐完全没有，她把报名调岗到市场营销部的邮件发给了全体员工，得到了“全员群发女”的外号；她也没有经济观念，租房子连“迁户日期”的概念都不懂，结果上了一房两租的当；她欠同事的情，却不懂得请人家喝一杯咖啡。“我”一次次因彩娜姐的行为而气愤，斤斤计较着对方给了多少又得到多少，但最后还是为彩娜姐暗暗加油打气。小说最后，“我”吃着作为婚礼回礼年糕的糯米团，心里想着“彩娜姐能好好过日子吗？一定要好好过”。

“我”为什么会突然给彩娜姐加油打气呢？“我”每每看到彩娜姐的所作所为，心里想的是“我要是她的话……”。“我”和彩娜姐大相径庭，精干聪明，就连结婚准备都用 Excel 表格做了详尽整理，用高超的眼力见儿和感知力武装自己，在职场如鱼得水。这样的“我”绝不可能不知道一名年轻“女性”员工在职场里的地位。被安排进清一色女性的后勤部，要拼了命地工作，直到大家“都夸你能干”，才能进入想进的部门，而比起同进公司的老公，虽然在同一个部门年薪却足足低了六万二千元。在公司不公平的歧视中一路走来的“我”，之所以具备了兽性的眼力见儿和感知力，无疑是年轻女性为获取更优渥的生存条件而习得、训练而成的。彩娜姐直到婚礼前一天还在加班，婚假也是勉强请下来的，十年后还不知道能不能待在这家公司，究其根本，她和“我”也没什么不同。小说最后一句“一定要好好过”，其实不是对彩娜姐说的，而是“我”对自己的希望。

如果说《好好过》中的请帖文化充斥着资本主义的交换理论及其衍生的女性同事关系，那么《帮手》则是从年轻已婚职场女性的角度，描述了资本主义社会中不可或缺的雇佣与被雇佣这种微妙而复杂的关系。小说的主人公是一名已婚未育的职场女性，结婚七年才首次以自己的名义在城郊新区买下了九十平方米的小公寓。“我”是一名百货店经理，老公在炼油公司上班，两人背负房贷买下了房子，却始终带有深深的不安。“家是我的，家里所有东西都是我挑的，但我总觉得住在这样的家里是那么不真实。”而这对双职工夫妻在千辛万苦雇佣家政阿姨的过程中，又令这种不安进一步扩大。在资本主义的森严结构中，向来是被雇佣者的“我”觉得“让我去使唤别人总有那么点不舒服”，但不可避免地第一次购买了劳动力。“我”拼了命地追求拥有稳定、舒适的私有空间和生活，可家政阿姨为了在这个体系中生存，不断地侵犯着“我”的界限。

阿姨语气中隐隐透露着的不尊敬，对家务活以外多余的干涉，还会突然侵犯隐私地问“你俩怎么没要孩子啊”，这些和“我”原本的不安加在一起，触及了现代都市人的舒适感/不悦感。当年轻已婚未育女性处于一心计划要过上稳定日常生活的迫切之中，这种不悦感又被进一步深化了。“我”对阿姨的感情并不简单，会为阿姨赚的钱进了儿子的户头而难过，看到阿姨唱圣歌等献身宗教的模样，也曾产生过无法名状的心情，但最终爆发的导火索是“我”和阿姨之间无法调和的矛盾落差。阿姨不遵守工作时间，不尊重隐私，同时在擦窗框产生的附加费用方面坚持交换理论的原则。她多次追问“以后还要我做吗”，更让这种落差变成需要在个人层面处理的问题。小说冷酷地揭露出，在性别、阶级、世代，甚至宗教等问题错综复杂的情况下，劳动者之间的关系是友是敌，是联手还是矛盾，无法用“两分法”简单处理。

4

有些问题是当下韩国社会年轻人普遍面临的，如果再加上围绕女性的暴力和误解，情况就愈加复杂了。面对如此复杂的情况，张琉珍的小说时而伶牙俐齿，时而轻巧讽刺，鲜明地呈现了在对女性存在暴力和误解的基调下，会出现什么样的画面。这种基调牵扯到男性对女性身体的浅薄欲望，以及韩国社会的性别权利问题。

《凌晨的访客》中的主人公是一名年近三十的女性，她在门户网站合作公司负责留言监管的工作，每天面对的是“百分百学生妹”“超乎想象的性＊爱！”“服务包你满意”“直接入户或钟点／房”之类露骨的黄色小广告。留言数量惊人，再怎么翻找、删除，这些留言仍然像躲在洗手池下、鞋橱下、衣橱后的蟑螂一样悄无声息地繁殖壮大，无法知道确切数量，也无法彻底清除。女人独居于商住公寓楼，连快递的门铃也能吓得她浑身发抖，她的视线仅限于那个小小的、安全的房间，以及从大门猫眼里看出去的那一小块地方。

但小说颠覆了视线的权利，发展到了镜像的想象力。每到凌晨三点，就有素昧平生的普通男人来按响门铃，这种事情反复了几次，令女人感到毛骨悚然。她后来发现，这些男人并非找错了目的地，而是来商住公寓买春。她感到恶心的同时，开始从可视门铃的屏幕上拍下那些人的脸，还打印出来。女人把从未目睹过的买春男的脸做成了标本，那些脸上的表情夹杂着“嘴里念着壮胆咒语般的坦荡，不想被别人发现的羞耻，突然酒醒时冒出来的犹疑，还有对即将和陌生人发生关系的期待”。这个过程中，女人暂时感受到“微妙的优越感”，这是因为视线是权利，也是政治。视线的权利来自可以看到对方，但对方看不见自己。小说颠覆了看与被看的人之间的森严结构，原本在性交易中被物化的是女性的身体，然而在这里，成了凌晨时分买春男偷偷摸摸的脸。小说的结尾女人去了可能与自己居所混淆的 B 栋房间，但发现那里也只是住着一名普通的单身女性。这表明了女人虽然介意自己的居住地与卖淫场所搞混，但这个问题难以轻易解决，也暗示了当前社会结构下，光凭个人私底下的处罚，无法顺利解决性交易和女性身体物化的问题。

《我的福冈导游》以男性立场叙事巧妙地转换了看待女性的视线问题。小说主人公志勋是一名三十多岁的男性上班族，外貌、自身条件都不错，充满自信。他听说之前公司法务部门负责法律咨询的同事智友，在丧偶后离开公司，去福冈独自生活，于是去日本找她玩。志勋之前有女朋友，却单恋着智友，享受两性之间的紧张和暧昧，期待通过这次旅行能够拥有智友。志勋在收到智友的请帖之后，不肯承认是自己单恋人家，认为自己太轻敌才错过了机会，还安慰自己说漂亮女人“只要我愿意，随时都能找一个”，并且智友的条件不算太突出。志勋把智友每一次的亲切和周到都当作是对自己的好感或是性暗示。他在汤布院和福冈旅行期间，在男女混浴的温泉近距离看到智友裸体时假装泰然，“我不是二十三岁，已经三十三岁了，我懂得要等待最恰当的时机”，将自己标榜为成熟男性。

旅行的最后一晚，当志勋经过自以为周密的算计，找了个机会要和智友上床，却被拒绝时，让造就志勋自信感的根本原因显露出来。他先说自己不是一开始就想和智友上床，他“用力唤出所有真心”试图说服智友，又为自己“从来没有遇到哪一个女生能跟我聊得来”表示郁闷，接着他哭求智友不要挂电话，最后无法抑制愤怒地把手机扔了出去，层层递进，袒露出他赤裸裸的内心。他对智友告白，说自己喜欢她的心是“真的”，却将智友贬低为“结过一次婚的女人”，还骂她是“臭女人”，在伪善中暴露出了真实想法。志勋之所以充满自信的原因大白于天下，原来他的自我意识中只从利己的方向来看待现实，始终在自说自话。志勋眼中的自己，异性经验丰富、工作好、外貌佳，没有任何缺陷，他爱的是一面可以映出这样的自己的镜子，并非真的爱那个一年前丧夫后来日本独自生活的智友。他沦陷于智友处处应和他的感知力，在女生身上确认自己的魅力和爱，以此获得自信，暴露出男性不堪的内心。小说结尾处，志勋将一个老奶奶误认为是乞丐，朝她手中的纸杯扔进了硬币。他以自我为中心的视野遮挡住了他看世界的视野。从这个角度来看，韩国文学中大量关于男性对女性的爱与欲望的描写，有可能只不过是用来展现人物心理的镜子，充满了自我满足的意味，而这篇小说从男性叙事者的立场痛快地改变了这样的视角。

《偏低》中的世界和前面几篇不一样，从不太一样的角度描绘了艺术市场。歌手章宇的乐队已经出了专辑却无人关注，而他某日心血来潮写的一首“冰箱冰箱冰箱冰箱冰箱，冰香槟的冰箱”的搞笑曲子传到了视频网站上，却意外一炮走红，留言超过了一万条，播放量也超过了三十万次，当红企划公司甚至主动提出要和他签约。企划公司的老板建议章宇赶紧出一张数码单曲，可是章宇觉得和这种看重收益超过音乐的人没有共同语言。他听音乐时仍坚持听整张完整的专辑，对现实价值和时代变化十分不敏感，而且缺乏对成功的渴望。章宇最后决定，专辑里只做“我要追求的音乐”和“真正像样的曲子”，然而，连两个月的电费也交不出来的他，接连失去了企划公司的橄榄枝、女友由美的爱情和人们的关注。已经过世的父亲送给他一台冰箱，虽然又占空间又费电，能效又低，却让他获得一种“觉得自己回到了该去的地方”的慰藉，给他带来了平静。小说中反复出现精确的数字，比如伴随着人气消退而逐渐停滞的播放量、点赞数、不喜欢数，还有第一张专辑的音源播放了 27 149 次，收到音乐制作权协会汇来的一百八十元，等等，准确地反映出这个时代艺术的生产、流通、消费方式发生的变化。但小说中在描述章宇这个人物时，对于他没有跟上变化，依然沉浸在内心世界的状态并无嘲讽，而是带着一种怜悯和惋惜默默旁观。文中仍然保留着“看到自己弹唱的音乐以更高的密度靠近观众”时的感动。就像在《坦佩雷机场》中，主人公并没有在与芬兰老人的浪漫邂逅和四大保险带来的安稳之间有所偏倚一样，在《偏低》里面，作者同时拥抱了认清现实的由美的世界和处于“能效偏低”位置的章宇的世界。

5

张琉珍的小说会说话。彩娜姐好好过日子吗？一定要好好过——《好好过》中的最后一句话不仅是同时送给“我”和彩娜姐的，更是这部小说集对生活在这个世界上的所有人的祝福。哪怕世道再怎么荒凉，再怎么冷酷，希望我们不要被毁掉，也不要被吞噬，都要好好过日子。张琉珍的小说的个体没有无条件地对生活逆来顺受，也没有不管不顾地向前奔跑，他们努力工作，他们有所热爱，他们敢于面对生活中小小的喜悦与悲伤。

也许，韩国文学一直以来重视的是揭露社会结构矛盾，显现出内部的巨大深渊，给个体赋予了太多特殊价值。每一个个体都在尽力忍受着外部世界的不和谐，追求自我价值，期待小说能够回归最本质的功能和作用。但张琉珍的小说里登场的人物，清新而又平淡，着眼于生存在资本主义体系里微小而平凡的喜悦。我们通过阅读这样的小说，重新思索韩国文学中个体存在的意义。女性、年轻人、劳动者作为这个社会的“乙方”，同时也是“弱者”，具有特殊的存在感，他们将体系糅入自己的身体，灵活地屈伸，以最快的步伐，朝着最正确的方向往前走着。这些个体清醒地认知到自己在体系内所处的位置，珍惜微小的幸福，知道如何利用敏锐的感知力来守护幸福。这种感知力与其说是妥协，倒不如说是一种“应战”。在这冷漠不公的世界上，无法轻易放弃生计的个体为了在体系中坚持到底而锻炼出来的力量。当满天繁星不再为人类指引方向，生活在当下时代的我们，则更进一步，要在杳无星光的天空下各觅出路，从而拥有更多的可能性。我们对韩国文学提出的新要求、渴望的新变化不是感受性的革命，而是感知力的革命。因此，我们可以对张琉珍小说等新韩国文学这么说：

“会的，我们会好好过，好好地过下去。”

文学评论家　印雅瑛

作家后记

先告诉大家几个彩蛋。《工作的喜与悲》中两个人同时在手机上收到的短信是工资到账的信息;《第一百零一封简历和第一天上班的路上》中提及的工资来自作品发表时知名就业门户网站对女性新职员调查研究中得出的平均年薪;《凌晨的访客》中对访客们的外貌描写完完全全来自我在现实生活中认识的人。

*

本书收录的小说是我在上班期间发表的作品。

回想起来，从我刚踏入职场至今已经过去了十年。就像《工作的喜与悲》中，上班族 Anna 有她的赵成珍，乌龟蛋有她的乌龟，Kevin 有他的乐高，于我而言，那就是小说。我领了工资，就会去买小说、订文艺杂志、听付费讲座，有时会利用年假或专门请半天假来写小说。工作上有压力时，写小说让我得到宽慰；反之，再怎么拼命也写不好小说时，我又从工作中寻找慰藉，毕竟工作中投入多少就会有多少成果。

写小说，是我长久以来的秘密。奇怪的是，明明那么喜欢，我却羞于启齿。构思小说的时候，如果有人在我耳边窃窃私语，“你写什么小说啊，这根本不叫写小说嘛……”或是哈哈笑，我会很难过。所以我甚至没有告诉我最好的朋友和家人我在写小说，隐瞒得严严实实。当我和好友们嬉笑打闹的时候，一想到他们对我写小说的事一无所知，而写小说对我来说又是那样重要，总会感到非常孤独，尽管这是我一手造成的。

成为小说家之后最新奇的一点就是，我不再是独自写、独自看这些文字了，哪怕只有一个读者，也终于有别人来看我的文字了。虽然有些忐忑，却也是我长久以来的期盼。感谢读者们为我停留在咫尺之处；感谢 Jeon Seong-yee 主编弥补了我所欠缺的阅历和沉稳，帮我一起完成了本书；感谢文学评论家印雅瑛饱含感情为我写下解读，感谢作家郑梨贤为我写下深情而又坚定的推荐语。我还要感谢曾经唯一知道我秘密的 Yoo-seok，感谢你一路陪我追梦，做我永远的第一个读者。

我在整理之前写的小说成册时发现，里面大部分人物——不仅是主人公，还有和主人公吵架或对立的人物——都在某些地方和我有一点相像。不过，假如有人问，这是你的故事吗？我会回答不是。我胆小、多虑、不自信，而我笔下的人物比我有力量，比我走得更远。看着这些背影，我终于也可以下定决心，不再怀疑自己。

在我把第一本书捧到世人面前之时，我很想下一个漂亮又坚定的决心，说“我以后一定会写出什么样的小说”，或者，起码许个愿望，说“我希望写什么样的小说”。可是思来想去，现在的我只有一个念头，那就是继续尝试、继续写作，除此以外别无他求。

无论怎样，我想一直写下去。

2019 年秋

张琉珍